AF296783

# ATHALIE.

Paris. — Typographie de Firmin Didot frères,
rue Jacob, 56.

# ATHALIE,

## TRAGÉDIE EN CINQ ACTES

Tirée de l'écriture sainte,

## PAR JEAN RACINE.

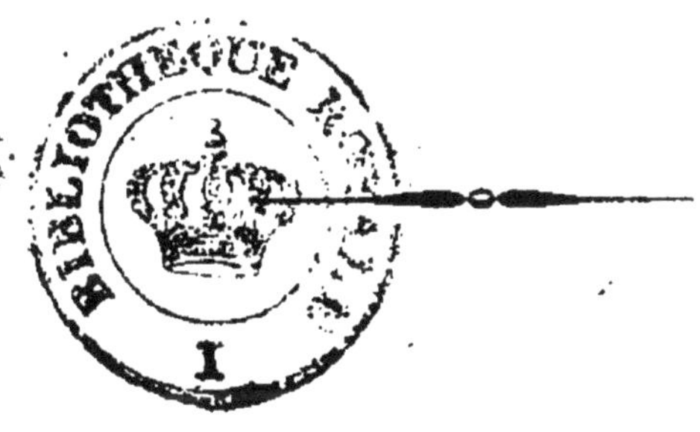

BIBLIOTHÈQUE ROYALE

PARIS,

JACQUES LECOFFRE ET C<sup>ie</sup>, LIBRAIRES,

RUE DU VIEUX-COLOMBIER, 29,

Ci-devant rue du Pot de Fer Saint-Sulpice, 8.

—

1846.

# PRÉFACE.

Tout le monde sait que le royaume de Juda était composé des deux tribus de Juda et de Benjamin, et que les dix autres tribus qui se révoltèrent contre Roboam composaient le royaume d'Israël. Comme les rois de Juda étaient de la maison de David, et qu'ils avaient dans leur partage la ville et le temple de Jérusalem, tout ce qu'il y avait de prêtres et de lévites se retirèrent auprès d'eux, et leur demeurèrent toujours attachés : car depuis que le temple de Salomon fut bâti, il n'était plus permis de sacrifier ailleurs ; et tous ces autres autels que l'on élevait à Dieu sur des montagnes, appelés par cette raison dans l'Écriture les hauts lieux, ne lui étaient point agréables. Ainsi le culte légitime ne subsistait plus que dans Juda. Les dix tribus, excepté un très-petit nombre de personnes, étaient ou idolâtres ou schismatiques.

Au reste, ces prêtres et ces lévites faisaient euxmêmes une tribu fort nombreuse. Ils furent partagés en diverses classes pour servir tour à tour dans le temple, d'un jour de sabbat à l'autre. Les prêtres étaient de la famille d'Aaron ; et il n'y avait que ceux de cette famille lesquels pussent exercer la sacrificature. Les lévites leur étaient subordonnés, et avaient soin, entre autres choses, du chant, de la préparation des victimes et de la garde du temple. Ce nom de lévite ne laisse pas d'être donné quelquefois indifféremment à tous ceux de la tribu. Ceux qui étaient en semaine avaient, ainsi que le grand prêtre, leur logement dans les portiques ou galeries dont le temple était environné, et qui faisaient partie du temple même. Tout l'édifice s'appelait en gé-

néral le lieu saint ; mais on appelait plus particulière-
ment de ce nom cette partie du temple intérieur où
étaient le chandelier d'or, l'autel des parfums et les ta-
bles des pains de proposition ; et cette partie était encore distinguée du saint des saints où était l'arche, et
où le grand prêtre seul avait droit d'entrer une fois
l'année. C'était une tradition assez constante, que la
montagne sur laquelle le temple était bâti, était la même
montagne où Abraham avait autrefois offert en sacrifice
son fils Isaac.

J'ai cru devoir expliquer ici ces particularités, afin
que ceux à qui l'histoire de l'Ancien Testament ne sera
pas assez présente, n'en soient point arrêtés en lisant
cette tragédie. Elle a pour sujet Joas reconnu et mis sur
le trône ; et j'aurais dû, dans les règles, l'intituler *Joas :*
mais la plupart du monde n'en ayant entendu parler
que sous le nom d'*Athalie*, je n'ai pas jugé à propos de
la leur présenter sous un autre titre, puisque d'ailleurs
Athalie y joue un personnage si considérable, et que c'est
sa mort qui termine la pièce. Voici une partie des principaux événements qui devancèrent cette grande action.

Joram, roi de Juda, fils de Josaphat, et le septième
roi de la race de David, épousa Athalie, fille d'Achab
et de Jézabel, qui régnaient en Israël, fameux l'un et
l'autre, mais principalement Jézabel, par leurs sanglantes persécutions contre les prophètes. Athalie, non
moins impie que sa mère, entraîna bientôt le roi son
mari dans l'idolâtrie, et fit même construire dans Jérusalem un temple à Baal, qui était le dieu du pays de
Tyr et de Sidon, où Jézabel avait pris naissance. Joram,
après avoir vu périr par les mains des Arabes et des
Philistins tous les princes ses enfants, à la réserve d'O-
chozias, mourut lui-même misérablement d'une longue
maladie qui lui consuma les entrailles. Sa mort funeste
n'empêcha pas Ochozias d'imiter son impiété et celle
d'Athalie sa mère. Mais ce prince, après avoir régné seulement un an, étant allé rendre visite au roi d'Israël,
frère d'Athalie, fut enveloppé dans la ruine de la maison d'Achab, et tué par l'ordre de Jéhu, que Dieu avait
fait sacrer par ses prophètes pour régner sur Israël, et

pour être le ministre de ses vengeances. Jéhu extermina toute la postérité d'Achab, et fit jeter par les fenêtres Jézabel, qui, selon la prédiction d'Élie, fut mangée des chiens dans la vigne de ce même Naboth qu'elle avait fait mourir autrefois pour s'emparer de son héritage. Athalie, ayant appris à Jérusalem tous ces massacres, entreprit de son côté d'éteindre entièrement la race de David, en faisant mourir tous les enfants d'Ochozias, ses petits-fils. Mais heureusement Josabet, sœur d'Ochozias et fille de Joram, mais d'une autre mère qu'Athalie, étant arrivée lorsqu'on égorgeait les princes ses neveux, trouva moyen de dérober du milieu des morts le petit Joas encore à la mamelle, et le confia avec sa nourrice au grand-prêtre son mari, qui les cacha tous deux dans le temple, où l'enfant fut élevé secrètement jusqu'au jour qu'il fut proclamé roi de Juda. L'histoire des rois dit que ce fut la septième année d'après; mais le texte grec des Paralipomènes, que Sévère Sulpice a suivi, dit que ce fut la huitième : c'est ce qui m'a autorisé à donner à ce prince neuf à dix ans, pour le mettre déjà en état de répondre aux questions qu'on lui fait.

Je crois ne lui avoir rien fait dire qui soit au-dessus de la portée d'un enfant de cet âge, qui a de l'esprit et de la mémoire. Mais quand j'aurais été un peu au delà, il faut considérer que c'est ici un enfant tout extraordinaire, élevé dans le temple par un grand prêtre, qui, le regardant comme l'unique espérance de sa nation, l'avait instruit de bonne heure dans tous les devoirs de la religion et de la royauté. Il n'en était pas de même des enfants des Juifs, que de la plupart des nôtres : on leur apprenait les saintes lettres, non-seulement dès qu'ils avaient atteint l'usage de la raison, mais, pour me servir de l'expression de saint Paul, dès la mamelle. Chaque Juif était obligé d'écrire une fois en sa vie, de sa propre main, le volume de la loi tout entier. Les rois étaient même obligés de l'écrire deux fois, et il leur était enjoint de l'avoir continuellement devant les yeux.

L'âge de Zacharie, fils du grand prêtre, n'étant point marqué, on peut lui supposer, si l'on veut, deux ou trois ans de plus qu'à Joas.

J'ai suivi l'explication de plusieurs commentateurs fort habiles, qui prouvent, par le texte même de l'Écriture, que tous ces soldats à qui Joïada, ou Joad, comme il est appelé dans Josèphe, fit prendre les armes consacrées à Dieu par David , étaient autant de prêtres et de lévites, aussi bien que les cinq centeniers qui les commandaient. En effet , disent ces interprètes , tout devait être saint dans une si sainte action , et aucun profane n'y devait être employé. Il s'y agissait non-seulement de conserver le sceptre dans la maison de David , mais encore de conserver à ce grand roi cette suite de descendants dont devait naître le Messie. *Car ce Messie , tant de fois promis comme fils d'Abraham, devait aussi être fils de David et de tous les rois de Juda* De là vient que l'illustre et savant prélat (1), de qui j'ai emprunté ces paroles, appelle Joas le précieux reste de la maison de David. Josèphe en parle dans les mêmes termes ; et l'Écriture dit expressément que Dieu n'extermina pas toute la famille de Joram, voulant conserver à David la lampe qu'il lui avait promise. Or cette lampe, qu'était-ce autre chose que la lumière qui devait être un jour révélée aux nations ?

L'histoire ne spécifie point le jour où Joas fut proclamé. Quelques interprètes veulent que ce fût un jour de fête. J'ai choisi celle de la Pentecôte , qui était l'une des trois grandes fêtes des Juifs. On y célébrait la mémoire de la publication de la loi sur le mont de Sinaï, et on y offrait aussi à Dieu les premiers pains de la nouvelle moisson ; ce qui faisait qu'on la nommait encore la fête des Prémices. J'ai songé que ces circonstances me fourniraient quelque variété pour les chants du chœur.

Ce chœur est composé de jeunes filles de la tribu de Lévi, et je mets à leur tête une fille que je donne pour sœur à Zacharie. C'est elle qui introduit le chœur chez sa mère. Elle chante avec lui, porte la parole pour lui, et fait enfin les fonctions de ce personnage des anciens chœurs qu'on appelait le coryphée. J'ai aussi essayé d'imiter des anciens cette continuité d'action qui fait

(1) M. de Meaux.

que leur théâtre ne demeure jamais vide, les intervalles des actes n'étant marqués que par des hymnes et par des moralités du chœur, qui ont rapport à ce qui se passe.

On me trouvera peut-être un peu hardi d'avoir osé mettre sur la scène un prophète inspiré de Dieu, et qui prédit l'avenir. Mais j'ai eu la précaution de ne mettre dans sa bouche que des expressions tirées des prophètes mêmes : quoique l'Écriture ne dise pas en termes exprès que Joïada ait eu l'esprit de prophétie, comme elle le dit de son fils, elle le représente comme un homme tout plein de l'esprit de Dieu ; et d'ailleurs ne parait-il pas, par l'Évangile, qu'il a pu prophétiser en qualité de souverain pontife ? Je suppose donc qu'il voit en esprit le funeste changement de Joas, qui, après trente années d'un règne fort pieux, s'abandonna aux mauvais conseils des flatteurs, et se souilla du meurtre de Zacharie, fils et successeur de ce grand-prêtre. Ce meurtre, commis dans le temple, fut une des principales causes de la colère de Dieu contre les Juifs, et de tous les malheurs qui leur arrivèrent dans la suite. On prétend même que depuis ce jour-là les réponses de Dieu cessèrent entièrement dans le sanctuaire : c'est ce qui m'a donné lieu de faire prédire tout de suite à Joad et la destruction du temple et la ruine de Jérusalem. Mais comme les prophètes joignent d'ordinaire les consolations aux menaces, et que d'ailleurs il s'agit de mettre sur le trône un des ancêtres du Messie, j'ai pris occasion de faire entrevoir la venue de ce consolateur, après lequel tous les anciens justes soupiraient. Cette scène, qui est une espèce d'épisode, amène très-naturellement la musique, par la coutume qu'avaient plusieurs prophètes d'entrer dans leurs saints transports au son des instruments ; témoin cette troupe de prophètes qui vinrent au-devant de Saül avec des harpes et des lyres qu'on portait devant eux ; et témoin Élisée lui-même, qui, étant consulté sur l'avenir par le roi de Juda et par le roi d'Israël, dit, comme fait ici Joad : *Adducite mihi psalten.* Ajoutez à cela que cette prophétie sert beaucoup à augmenter le trouble, dans la pièce, par la consternation et par les différents mouvements où elle jette le chœur et les principaux acteurs.

1.

# PERSONNAGES.

Joas, roi de Juda, fils d'Ochozias.
Athalie, veuve de Joram, aïeule de Joas.
Joad, autrement Joïada, grand prêtre.
Josabet, tante de Joas, femme du grand prêtre.
Zacharie, fils de Joad et de Josabet.
Salomith, sœur de Zacharie.
Abner, l'un des principaux officiers des rois de Juda.
Azarias, Ismael, et les trois autres chefs des prêtres
    et des lévites.
Mathan, prêtre apostat, sacrificateur de Baal.
Nabal, confident de Mathan.
Agar, femme de la suite d'Athalie.
Troupe de prêtres et de lévites.
Suite d'Athalie.
La nourrice de Joas.
Chœur de jeunes filles de la tribu de Lévi.


La scène est dans le temple de Jérusalem, dans un
vestibule de l'appartement du grand prêtre.

# ATHALIE,

## TRAGÉDIE.

---

## ACTE PREMIER.

---

## SCÈNE PREMIÈRE.

### JOAD, ABNER.

#### ABNER.

Oui, je viens dans son temple adorer l'Éternel (1) ;
Je viens, selon l'usage antique et solennel,
Célébrer avec vous la fameuse journée (2)
Où sur le mont Sina (3) la loi nous fut donnée.
Que les temps sont changés ! Sitôt que de ce jour
La trompette sacrée annonçait le retour,
Du temple (4), orné partout de festons magnifiques,
Le peuple saint en foule inondait (5) les portiques ;

---

(1) La majesté de ce début est en harmonie avec la solennité de la fête que le peuple juif se dispose à célébrer. La répétition du verbe *je viens*, montre dans Abner un Israélite fidèle et courageux, qui vient dans le temple au risque d'offenser Athalie.

(2) C'était la fête de la Pentecôte : elle se célébrait cinquante jours après celle de Pâques, en mémoire de ce que Dieu avait donné sa loi au peuple sur le mont Sinaï. Les catholiques célèbrent aussi la Pentecôte, parce que c'est le jour où Dieu a envoyé le Saint-Esprit à son Église.

(3) Montagne de l'Arabie Pétrée, dans une presqu'île formée par les deux bras de la mer Rouge.

(4) *Du temple* est régi par le mot *portiques*, qui termine l'autre vers. C'est une des inversions les plus hardies qu'on puisse se permettre dans notre langue.

(5) Expression figurée et d'une grande exactitude : les mouvements

Et tous, devant l'autel avec ordre introduits,   [fruits,
De leurs champs dans leurs mains portant les nouveaux
Au Dieu de l'univers consacraient ces prémices.
Les prêtres ne pouvaient suffire aux sacrifices.
L'audace d'une femme, arrêtant ce concours,
En des jours ténébreux a changé ces beaux jours.
D'adorateurs zélés à peine un petit nombre
Ose des premiers temps nous retracer quelque ombre,
Le reste pour son Dieu montre un oubli fatal;
Ou même, s'empressant aux autels de Baal (1),
Se fait initier à ses honteux mystères,
Et blasphème le nom qu'ont invoqué leurs pères.
Je tremble qu'Athalie, à ne vous rien cacher,
Vous-même de l'autel vous faisant arracher,
N'achève enfin sur vous ses vengeances funestes,
Et d'un respect forcé ne dépouille (2) les restes.

JOAD.

D'où vous vient aujourd'hui ce noir pressentiment?

ABNER.

Pensez-vous être saint et juste impunément?
Dès longtemps elle hait cette fermeté rare
Qui rehausse en Joad l'éclat de la tiare :
Dès longtemps votre amour pour la religion
Est traité de révolte et de sédition.
Du mérite éclatant cette reine jalouse
Hait surtout Josabet, votre fidèle épouse.
Si du grand prêtre Aaron Joad est successeur,
De notre dernier roi Josabet (3) est la sœur.
Mathan d'ailleurs, Mathan, ce prêtre sacrilége,

---

d'une foule qui se presse sont en effet une image des flots. Boileau a
dit, satire IX :

　　　　Cotin. . . . . . . . . . i
　　　　Fend les flots d'auditeurs pour aller à sa chaire.

(1) Divinité des Phéniciens. La Phénicie confinait à la tribu d'Azer,
au nord de la Palestine, entre la Méditerranée et les nombreuses ra-
mifications du Liban.

(2) *Dépouiller*, avec un régime direct est une imitation latine dont
Racine a plusieurs fois fait usage. Virgile a dit : Et istam..., exue
mentem. *Æneid.*, liv. IV, v. 319.

(3) Josabeth était donc de la race de David, et, à ce titre, elle devait
être un objet de haine pour Athalie, qui avait voulu faire mourir toute
la postérité de ce prince.

Plus méchant qu'Athalie, à toute heure l'assiége ;
Mathan, de nos autels infâme déserteur,
Et de toute vertu zélé persécuteur.
C'est peu que, le front ceint d'une mitre étrangère,
Ce lévite à Baal prête son ministère :
Ce temple l'importune, et son impiété
Voudrait anéantir le Dieu qu'il a quitté.
Pour vous perdre il n'est point de ressort qu'il n'invente :
Quelquefois il vous plaint, souvent même il vous vante ;
Il affecte pour vous une fausse douceur ;
Et, par là de son fiel colorant (1) la noirceur,
Tantôt à cette reine il vous peint redoutable ;
Tantôt, voyant pour l'or sa soif insatiable,
Il lui (2) feint qu'en un lieu que vous seul connaissez,
Vous cachez des trésors par David amassés.
Enfin, depuis deux jours la superbe Athalie
Dans un sombre chagrin paraît ensevelie.
Je l'observais hier, et je voyais ses yeux
Lancer sur le lieu saint des regards furieux ;
Comme si, dans le fond de ce vaste édifice,
Dieu cachait un vengeur (3) armé pour son supplice.
Croyez-moi, plus j'y pense, et moins je puis douter
Que sur vous son courroux ne soit près d'éclater,
Et que de Jézabel la fille sanguinaire
Ne vienne attaquer Dieu jusqu'en son sanctuaire.

JOAD.

Celui qui met un frein à la fureur des flots (4)
Sait aussi des méchants arrêter les complots.
Soumis avec respect à sa volonté sainte,
Je crains Dieu, cher Abner, et n'ai point d'autre crainte.
Cependant je rends grâce au zèle officieux
Qui sur tous mes périls vous fait ouvrir les yeux.

(1) Ce mot signifie, au figuré, donner une belle apparence : il a plutôt ici le sens de *dissimuler, cacher.*

(2) Locution hardie, empruntée des Latins ; c'est une de celles qui donnent à la phrase plus de rapidité et de précision.

(3) Le poëte laisse adroitement deviner que les crimes d'Athalie trouveront un vengeur.

(4) Ce morceau, vraiment sublime par l'élévation des pensées et la magnificence du style, nous montre dans Joad le modèle des pontifes. Rien ne peut l'intimider, parce que toute sa force est en Dieu.

Je vois que l'injustice en secret vous irrite,
Que vous avez encor le cœur israélite.
Le ciel en soit béni ! mais ce secret courroux,
Cette oisive vertu, vous en contentez-vous ?
La foi qui n'agit point, est-ce une foi sincère ?
Huit ans déjà passés (I), une impie étrangère (2)
Du sceptre de David usurpe tous les droits,
Se baigne impunément dans le sang de nos rois,
Des enfants de son fils détestable homicide,
Et même contre Dieu lève son bras perfide :
Et vous, l'un des soutiens de ce tremblant État,
Vous, nourri dans les camps du saint roi Josaphat,
Qui sous son fils Joram commandiez nos armées,
Qui rassurâtes seul nos villes alarmées,
Lorsque d'Ochozias le trépas imprévu
Dispersa tout son camp à l'aspect de Jéhu ;
Je crains Dieu, dites-vous, sa vérité me touche !
Voici comme ce Dieu vous répond par ma bouche :
« Du zèle de ma loi que sert de vous parer ?
« Par de stériles vœux pensez-vous m'honorer ?
« Quel fruit me revient-il de tous vos sacrifices (3) ?
« Ai-je besoin du sang des boucs et des génisses ?
« Le sang de vos rois crie, et n'est point écouté.
« Rompez, rompez tout pacte avec l'impiété ;
« Du milieu de mon peuple exterminez les crimes,
« Et vous viendrez alors m'immoler vos victimes. »

ABNER.

Hé ! que puis-je au milieu de ce peuple abattu ?
Benjamin est sans force, et Juda sans vertu :
Le jour qui de leurs rois vit éteindre la race,
Éteignit (4) tout le feu de leur antique audace.
Dieu même, disent-ils, s'est retiré de nous :

---

(1) *Huit ans déjà passés.* Tour heureux et rapide, qu'autorise la poésie. On dirait en prose : Huit ans sont déjà passés depuis que,...

(2) Athalie, fille d'Achab, roi d'Israël, et de Jésabel, fille du roi de Sidon, était une étrangère pour les Hébreux.

(3) Quo mihi multitudinem victimarum vestrarum?... Holocausta arietum, et adipem pinguium, et sanguinem vitulorum, et agnorum et hircorum nolui... Subvenite oppresso, judicate pupillo, et venite. Isaïe, ch. Ier.

(4) *Éteignit* n'est pas une expression juste. Le jour n'éteint pas. Le sens est : le jour qui... vit éteindre la race *vit éteindre aussi.*

De l'honneur des Hébreux autrefois si jaloux,
Il voit sans intérêt leur grandeur terrassée ;
Et sa miséricorde à la fin s'est lassée :
On ne voit plus pour nous ses redoutables mains
De merveilles sans nombre effrayer les humains :
L'arche sainte est muette, et ne rend plus d'oracles.

JOAD.

Et quel temps fut jamais si fertile en miracles ?
Quand Dieu par plus d'effets montra-t-il son pouvoir ?
Auras-tu donc toujours des yeux pour ne point voir,
Peuple ingrat ? Quoi ! toujours les plus grandes merveilles
Sans ébranler ton cœur frapperont tes oreilles (1) !
Faut-il, Abner, faut-il vous rappeler le cours
Des prodiges fameux accomplis en nos jours :
Des tyrans d'Israël les célèbres disgrâces,
Et Dieu trouvé fidèle en toutes ses menaces ;
L'impie Achab détruit, et de son sang trempé
Le champ que par le meurtre il avait usurpé ;
Près de ce champ fatal Jézabel immolée ;
Sous les pieds des chevaux cette reine foulée ;
Dans son sang inhumain les chiens désaltérés,
Et de son corps hideux les membres déchirés ;
Des prophètes menteurs la troupe confondue,
Et la flamme du ciel sur l'autel descendue ;
Élie aux éléments parlant en souverain,
Les cieux par lui fermés et devenus d'airain,
Et la terre trois ans sans pluie et sans rosée ;
Les morts se ranimant à la voix d'Élisée (2) ?
Reconnaissez, Abner, à ces traits éclatants,
Un Dieu tel aujourd'hui qu'il fut dans tous les temps.
Il sait, quand il lui plaît, faire éclater sa gloire ;
Et son peuple est toujours présent à sa mémoire.

ABNER.

Mais où sont ces honneurs à David tant promis,
Et prédits même encore à Salomon son fils ?

----

(1) Qui vides multa, nonne custodies? Qui apertas habes aures,
nonne audies? Isaïe, ch. XLII.

(2) On peut voir dans l'Écriture sainte tous les faits que rappelle
cette éloquente énumération. Rois, liv. III, ch. IX, X, XIV, XVII,
XVIII, XX, XXIII; et Rois, liv. IV, chap. IX.

Hélas ! nous espérions que de leur race heureuse
Devait sortir de rois une suite nombreuse ;
Que sur toute tribu, sur toute nation,
L'un d'eux établirait sa domination,
Ferait cesser partout la discorde et la guerre,
Et verrait à ses pieds tous les rois de la terre.

JOAD.

Aux promesses du ciel pourquoi renoncez-vous ?

ABNER.

Ce roi, fils de David, où le chercherons-nous ?
Le ciel même peut-il réparer les ruines
De cet arbre séché jusque dans ses racines ?
Athalie étouffa l'enfant même au berceau.
Les morts, après huit ans, sortent-ils du tombeau ?
Ah ! si dans sa fureur elle s'était trompée ;
Si du sang de nos rois quelque goutte échappée...

JOAD.

Eh bien ! que feriez-vous ?

ABNER.

O jour heureux pour moi !
De quelle ardeur j'irais reconnaître mon roi !
Doutez-vous qu'à ses pieds nos tribus empressées...
Mais pourquoi me flatter de ces vaines pensées ?
Déplorable héritier de ces rois triomphants,
Ochozias restait seul avec ses enfants :
Par les traits de Jéhu je vis percer le père ;
Vous avez vu les fils massacrés par la mère.

JOAD.

Je ne m'explique point (1) : mais quand l'astre du jour
Aura sur l'horizon fait le tiers de son tour,
Lorsque la troisième heure aux prières rappelle,
Retrouvez-vous au temple avec ce même zèle.
Dieu pourra vous montrer par d'importants bienfaits
Que sa parole est stable et ne trompe jamais.
Allez : pour ce grand jour il faut que je m'apprête,
Et du temple déjà l'aube blanchit le faîte (2).

(1) Joad, par cette réticence mystérieuse, semble promettre quelque grand événement qui prouvera que la parole de Dieu ne trompe jamais.

(2) Regina... ut primum albescere lucem vidit. Virg., *Æn.*, liv. IV, v. 586.

### ABNER.

Quel sera ce bienfait que je ne comprends pas ?
L'illustre Josabet porte vers vous ses pas :
Je sors, et vais me joindre à la troupe fidèle
Qu'attire de ce jour la pompe solennelle.

# SCÈNE II.

### JOAD, JOSABET.

### JOAD.

Les temps sont accomplis, princesse : il faut parler ;
Et votre heureux larcin ne se peut plus celer.
Des ennemis de Dieu la coupable insolence,
Abusant contre lui de ce profond silence,
Accuse trop longtemps ses promesses d'erreur :
Que dis-je ? le succès animant leur fureur,
Jusque sur notre autel votre injuste marâtre (1)
Veut offrir à Baal un encens idolâtre.
Montrons ce jeune roi que vos mains ont sauvé,
Sous l'aile du Seigneur dans le temple élevé.
De nos princes hébreux il aura le courage,
Et déjà son esprit a devancé son âge.
Avant que son destin s'explique par ma voix,
Je vais l'offrir au Dieu par qui règnent les rois :
Aussitôt assemblant nos lévites, nos prêtres,
Je leur déclarerai l'héritier de leurs maîtres.

### JOSABET.

Sait-il déjà son nom et son noble destin ?

### JOAD.

Il ne répond encor qu'au nom d'Éliacin,
Et se croit quelque enfant rejeté par sa mère,
A qui j'ai, par pitié, daigné servir de père.

### JOSABET.

Hélas! de quel péril je l'avais su tirer!
Dans quel péril encore il est près de rentrer!

(1) Athalie était la seconde femme de Joram, roi de Juda, et mère
d'Ochozias; elle était donc marâtre de Josabeth, fille de Joram comme
Ochozias mais d'une autre mère.

JOAD.

Quoi ! déjà votre foi s'affaiblit et s'étonne !

JOSABET.

A vos sages conseils, seigneur, je m'abandonne.
Du jour que j'arrachai cet enfant à la mort,
Je remis en vos mains tout le soin de son sort :
Même, de mon amour craignant la violence,
Autant que je le puis j'évite sa présence,
De peur qu'en le voyant quelque trouble indiscret
Ne fasse avec mes pleurs échapper mon secret.
Surtout j'ai cru devoir aux larmes, aux prières,
Consacrer ces trois jours et ces trois nuits entières.
Cependant aujourd'hui puis-je vous demander
Quels amis vous avez prêts à vous seconder ?
Abner, le brave Abner viendra-t-il nous défendre ?
A-t-il, près de son roi, fait serment de se rendre ?

JOAD.

Abner, quoiqu'on se pût assurer sur sa foi,
Ne sait pas même encor si nous avons un roi.

JOSABET.

Mais à qui de Joas confiez-vous la garde ?
Est-ce Obed, est-ce Amnon que cet honneur regarde ?
De mon père sur eux les bienfaits répandus...

JOAD.

A l'injuste Athalie ils se sont tous vendus.

JOSABET.

Qui donc opposez-vous contre ses satellites ?

JOAD.

Ne vous l'ai-je pas dit ? nos prêtres, nos lévites.

JOSABET.

Je sais que, près de vous en secret assemblé (1),
Par vos soins prévoyants leur nombre est redoublé ;
Que, pleins d'amour pour vous, d'horreur pour Athalie,
Un serment solennel par avance les lie
A ce fils de David qu'on leur doit révéler.
Mais (2), quelque noble ardeur dont ils puissent brûler,

(1) *Nombre assemblé* ne serait pas une locution admise en prose ;
la clarté du sens fait excuser ici cette licence.
(2) La régularité de la construction demanderait *de quelque noble*

Peuvent-ils de leur roi venger seuls la querelle?
Pour un si grand ouvrage est-ce assez de leur zèle?
Doutez-vous qu'Athalie, au premier bruit semé
Qu'un fils d'Ochozias est ici renfermé,
De ses fiers étrangers assemblant les cohortes,
N'environne le temple et n'en brise les portes?
Suffira-t-il contre eux de vos ministres saints,
Qui, levant au Seigneur leurs innocentes mains,
Ne savent que gémir et prier pour nos crimes,
Et n'ont jamais versé que le sang des victimes?
Peut-être dans leurs bras Joas percé de coups...

JOAD.

Et comptez-vous pour rien Dieu qui combat pour nous;
Dieu, qui de l'orphelin protége l'innocence,
Et fait dans la faiblesse éclater sa puissance;
Dieu, qui hait les tyrans, et qui dans Jezraël
Jura d'exterminer Achab et Jézabel;
Dieu, qui, frappant Joram, le mari de leur fille,
A jusque sur son fils poursuivi leur famille;
Dieu, dont le bras vengeur, pour un temps suspendu,
Sur cette race impie est toujours étendu?

JOSABET.

Et c'est sur tous ces rois sa justice sévère
Que je crains pour le fils de mon malheureux frère.
Qui sait si cet enfant, par leur crime entraîné,
Avec eux en naissant ne fut pas condamné?
Si Dieu, le séparant d'une odieuse race,
En faveur de David voudra lui faire grâce?
Hélas! l'état horrible où le ciel me l'offrit
Revient à tout moment effrayer mon esprit.
De princes égorgés la chambre était remplie:
Un poignard à la main, l'implacable Athalie
Au carnage animait ses barbares soldats,
Et poursuivait le cours de ses assassinats.
Joas, laissé pour mort, frappa soudain ma vue:
Je me figure encor sa nourrice éperdue,

ardeur.... Mais la suppression du mot *de* donne plus de rapidité à
la phrase. C'est pour la même raison que Boileau a dit, sat. XI:

      ..... quelque fol espoir dont leur orgueil les berce.

BIBLIOTHÈQUE ROYALE

Qui devant les bourreaux s'était jetée en vain,
Et, faible, le tenait renversé sur son sein.
Je le pris tout sanglant. En baignant son visage
Mes pleurs du sentiment lui rendirent l'usage ;
Et, soit frayeur encore, ou pour me caresser,
De ses bras innocents je me sentis presser.
Grand Dieu, que mon amour ne lui soit point funeste !
Du fidèle David c'est le précieux reste :
Nourri dans ta maison, en l'amour de ta loi,
Il ne connaît encor d'autre père que toi.
Sur le point d'attaquer une reine homicide,
A l'aspect du péril si ma foi s'intimide,
Si la chair et le sang, se troublant aujourd'hui,
Ont trop de part aux pleurs que je répands pour lui,
Conserve l'héritier de tes saintes promesses,
Et ne punis que moi de toutes mes faiblesses !

JOAD.

Vos larmes, Josabet, n'ont rien de criminel :
Mais Dieu veut qu'on espère en son soin paternel.
Il ne recherche point, aveugle en sa colère,
Sur le fils qui le craint l'impiété du père (1).
Tout ce qui reste encor de fidèles Hébreux
Lui viendront aujourd'hui renouveler leurs vœux.
Autant que de David la race est respectée,
Autant de Jézabel la fille est détestée.
Joas les touchera par sa noble pudeur,
Où semble de son sang reluire la splendeur ;
Et Dieu, par sa voix même appuyant notre exemple,
De plus près à leur cœur parlera dans son temple.
Deux infidèles rois (2) tour à tour l'ont bravé :
Il faut que sur le trône un roi soit élevé,
Qui se souvienne un jour qu'au rang de ses ancêtres
Dieu l'a fait remonter par la main de ses prêtres,
L'a tiré par leurs mains de l'oubli du tombeau,
Et de David éteint (3) rallumé le flambeau.


(1) Filius non portabit iniquitatem patris. Ézéch., ch. XVIII.
(2) Joram et Ochozias, rois de Juda.
(3) Il n'y a pas dans ce magnifique vers une seule expression qui ne soit figurée : les figures sont de l'essence de la poésie. Cependant la construction présente quelque chose d'incorrect, à cause de la suppression de l'auxiliaire *avoir* devant *rallumé*.

Grand Dieu, si tu prévois qu'indigne de sa race
Il doive de David abandonner la trace,
Qu'il soit comme le fruit en naissant arraché,
Ou qu'un souffle ennemi dans sa fleur a séché !
Mais si ce même enfant, à tes ordres docile,
Doit être à tes desseins un instrument utile,
Fais qu'au juste héritier le sceptre soit remis ;
Livre en mes faibles mains ses puissants ennemis :
Confonds dans ses conseils une reine cruelle (1) !
Daigne, daigne, mon Dieu, sur Mathan et sur elle
Répandre cet esprit d'imprudence et d'erreur,
De la chute des rois funeste avant-coureur !
L'heure me presse : adieu. Des plus saintes familles
Votre fils et sa sœur vous amènent les filles.

# SCÈNE III.

### JOSABET, ZACHARIE, SALOMITH,
#### LE CHOEUR.

#### JOSABET.

Cher Zacharie, allez, ne vous arrêtez pas ;
De votre auguste père accompagnez les pas.
O filles de Lévi, troupe jeune et fidèle,
Que déjà le Seigneur embrase de son zèle,
Qui venez si souvent partager mes soupirs,
Enfants, ma seule joie en mes longs déplaisirs,
Ces festons dans vos mains, et ces fleurs sur vos têtes,
Autrefois convenaient à nos pompeuses fêtes ;
Mais, hélas ! en ce temps d'opprobre et de douleurs,
Quelle offrande sied mieux que celle de nos pleurs ?
J'entends déjà, j'entends la trompette sacrée,
Et du temple bientôt on permettra l'entrée.
Tandis que je me vais préparer à marcher,
Chantez, louez le Dieu que vous venez chercher.

(1) Infatua, quæso, Domine, consilium Achitophel. Rois, liv. II.

# SCÈNE IV.

### LE CHŒUR (1).

*Tout le chœur chante.*
Tout l'univers est plein de sa magnificence :
Qu'on l'adore ce Dieu, qu'on l'invoque à jamais :
Son empire a des temps précédé la naissance ;
    Chantons, publions ses bienfaits.
*Une voix, seule.*
En vain l'injuste violence
Au peuple qui le loue imposerait silence :
    Son nom ne périra jamais.
Le jour annonce au jour sa gloire et sa puissance ;
Tout l'univers est plein de sa magnificence :
    Chantons, publions ses bienfaits.
*Tout le chœur répète.*
Tout l'univers est plein de sa magnificence :
    Chantons, publions ses bienfaits.
*Une voix, seule.*
Il donne aux fleurs leur aimable peinture :
    Il fait naître et mûrir les fruits ;
    Il leur dispense avec mesure
Et la chaleur des jours et la fraîcheur des nuits.
Le champ qui les reçut les rend avec usure.
*Une autre.*
Il commande au soleil d'animer la nature,
    Et la lumière est un don de ses mains :
    Mais sa loi sainte, sa loi pure
Est le plus riche don qu'il ait fait aux humains.
*Une autre.*
O mont de Sinaï, conserve la mémoire
De ce jour à jamais auguste et renommé,
    Quand, sur ton sommet enflammé,

(1) Tout ce chœur est rempli de beautés d'un bout à l'autre : la
strophe, *O mont de Sinaï*, ne le cède à rien pour le sublime. Rappe-
lons ici qu'il y a plus de sentiment dans les chœurs d'Esther, et non
moins de sublime.

Dans un nuage épais le Seigneur enfermé
Fit luire aux yeux mortels un rayon de sa gloire.
  Dis-nous pourquoi ces feux et ces éclairs,
Ces torrents de fumée et ce bruit dans les airs,
    Ces trompettes et ce tonnerre :
Venait-il renverser l'ordre des éléments ?
      Sur ses antiques fondements
      Venait-il ébranler la terre ?
*Une autre.*

Il venait révéler aux enfants des Hébreux
De ses préceptes saints la lumière immortelle ;
    Il venait à ce peuple heureux
Ordonner de l'aimer d'une amour éternelle (1).
*Tout le chœur.*

    O divine, ô charmante loi !
    O justice, ô bonté suprême !
Que de raisons, quelle douceur extrême
D'engager à ce Dieu son amour et sa foi !
*Une voix, seule.*

    D'un joug cruel il sauva nos aïeux,
Les nourrit au désert d'un pain délicieux ;
Il nous donne ses lois, il se donne lui-même :
    Pour tant de biens il commande qu'on l'aime.
*Tout le chœur.*

    O justice ! ô bonté suprême !
*La même voix.*

Des mers pour eux il entr'ouvrit les eaux ;
D'un aride rocher fit sortir des ruisseaux ;
Il nous donne ses lois, il se donne lui-même (2) :
    Pour tant de biens il commande qu'on l'aime.
*Tout le chœur.*

    O divine, ô charmante loi !
Que de raisons, quelle douceur extrême
D'engager à ce Dieu son amour et sa foi !

(1) Amour n'est féminin qu'au pluriel. Bien qu'on trouve ce mot employé avec le même genre au singulier, l'usage contraire a prévalu.

(2) Le poëte, en parlant ainsi de Dieu, rappelle à l'esprit le sacrement adorable dans lequel Dieu se donne à sa créature ; mais cette expression ne peut avoir le même sens sous l'empire de l'ancienne loi, et laisse quelque chose à désirer pour la clarté.

*Une autre voix, seule.*
Vous qui ne connaissez qu'une crainte servile,
Ingrats, un Dieu si bon ne peut-il vous charmer?
Est-il donc à vos cœurs, est-il si difficile
        Et si pénible de l'aimer?
    L'esclave craint le tyran qui l'outrage;
    Mais des enfants l'amour est le partage :
Vous voulez que ce Dieu vous comble de bienfaits,
        Et ne l'aimer jamais!
                *Tout le chœur.*
        O divine, ô charmante loi!
        O justice, ô bonté suprême!
    Que de raisons, quelle douceur extrême
D'engager à ce Dieu son amour et sa foi!

# ACTE II.

—

## SCÈNE PREMIÈRE.

JOSABET, SALOMITH, LE CHOEUR.

JOSABET.

Mes filles, c'est assez, suspendez vos cantiques :
Il est temps de nous joindre aux prières publiques.
Voici notre heure : allons célébrer ce grand jour,
Et devant le Seigneur paraître à notre tour.

## SCÈNE II.

ZACHARIE, JOSABET, SALOMITH,
LE CHOEUR.

JOSABET.
Mais que vois-je! Mon fils, quel sujet vous ramène?

Ou courez-vous ainsi tout pâle et hors d'haleine?

ZACHARIE·

O ma mère !

JOSABET·

Eh bien! quoi ?

ZACHARIÉ·

Le temple est profané.

JOSABET·

Comment?

ZACHARIÉ·

Et du Seigneur l'autel abandonné.

JOSABET·

Je tremble. Hâtez-vous d'éclaircir votre mère.

ZACHARIE·

Déjà, selon la loi, le grand prêtre mon père,
Après avoir au Dieu qui nourrit les humains
De la moisson (1) nouvelle offert les premiers pains,
Lui présentait encore entre ses mains sanglantes
Des victimes de paix les entrailles fumantes ;
Debout à ses côtés le jeune Éliacin
Comme moi le servait en long habit de lin ;
Et cependant du sang de la chair immolée
Les prêtres arrosaient l'autel et l'assemblée (2).
Un bruit confus s'élève, et du peuple surpris
Détourne tout à coup les yeux et les esprits.
Une femme... peut-on la nommer sans blasphème?
Une femme... C'était Athalie elle-même.

JOSABET·

Ciel !

ZACHARIE·

Dans un des parvis , aux hommes réservé,
Cette femme superbe entre le front levé,
Et se préparait même à passer les limites
De l'enceinte sacrée ouverte aux seuls lévites.
Le peuple s'épouvante et fuit de toutes parts.

(1) C'était à la fête de la Pentecôte que, chez les Hébreux, les prêtres offraient à Dieu les prémices de la moisson.

(2) Moïse, il est vrai, arrosa l'assemblée du sang de la victime, Exod.,
ch. XXIV, en témoignage de l'alliance que Dieu faisait avec son peuple; mais cette cérémonie fut toute de circonstance, et ne faisait point
partie des rites judaïques.

Mon père... ah ! quel courroux animait ses regards !
Moïse à Pharaon parut moins formidable (1) :
« Reine, sors, a-t-il dit, de ce lieu redoutable,
« D'où te bannit ton sexe et ton impiété.
« Viens-tu du Dieu vivant braver la majesté? »
La reine, alors sur lui jetant un œil farouche,
Pour blasphémer sans doute ouvrait déjà la bouche :
J'ignore si de Dieu l'ange se dévoilant
Est venu lui montrer un glaive étincelant ;
Mais sa langue en sa bouche à l'instant s'est glacée (2),
Et toute son audace a paru terrassée ;
Ses yeux, comme effrayés, n'osaient se détourner :
Surtout Éliacin paraissait l'étonner.

JOSABET.

Quoi donc ! Éliacin a paru devant elle ?

ZACHARIE.

Nous regardions tous deux cette reine cruelle,
Et d'une égale horreur nos cœurs étaient frappés :
Mais les prêtres bientôt nous ont enveloppés ;
On nous a fait sortir. J'ignore tout le reste,
Et venais vous conter ce désordre funeste.

JOSABET.

Ah ! de nos bras sans doute elle vient l'arracher (3) ;
Et c'est lui qu'à l'autel sa fureur vient chercher.
Peut-être en ce moment l'objet de tant de larmes...
Souviens-toi de David, Dieu, qui vois mes alarmes.

SALOMITH.

Quel est-il cet objet des pleurs que vous versez ?

ZACHARIE.

Les jours d'Éliacin seraient-ils menacés ?

SALOMITH.

Aurait-il de la reine attiré la colère ?

---

(1) Cette comparaison semblerait peu naturelle dans la bouche d'un adolescent naturellement pressé de terminer son récit, si l'on ne savait que les Hébreux s'accoutumaient de bonne heure au langage figuré, et qu'ils rappelaient volontiers les grands événements qui faisaient l'orgueil de la nation.

(2) Obstupui.... et vox faucibus hæsit. Virg., liv. III, v. 48.

(3) Cette exclamation touchante est le cri de la nature : les craintes maternelles de Josabeth lui montrent déjà Joas entre les mains d'Athalie.

ZACHARIE.

Que craint-on d'un enfant sans support et sans père ?

JOSABET.

Ah ! la voici. Sortons : il la faut éviter.


# SCÈNE III.

**ATHALIE, AGAR, ABNER, *suite d'Athalie*.**

AGAR.

Madame, dans ces lieux pourquoi vous arrêter ?
Ici tous les objets vous blessent, vous irritent.
Abandonnez ce temple aux prêtres qui l'habitent ;
Fuyez tout ce tumulte, et dans votre palais
A vos sens agités venez rendre la paix.

ATHALIE.

Non, je ne puis : tu vois mon trouble et ma faiblesse.
Va, fais dire à Mathan qu'il vienne, qu'il se presse.
Heureuse si je puis trouver par son secours
Cette paix que je cherche et qui me fuit toujours !
*(Elle s'assied.)*


# SCÈNE IV.

**ATHALIE, ABNER, *suite d'Athalie*.**

ABNER.

Madame, pardonnez si j'ose le défendre :
Le zèle de Joad n'a point dû vous surprendre.
Du Dieu que nous servons tel est l'ordre éternel :
Lui-même il nous traça son temple et son autel,
Aux seuls enfants d'Aaron commit ses sacrifices,
Aux lévites marqua leur place et leurs offices,
Et surtout défendit à leur postérité
Avec tout autre Dieu toute société.
Hé quoi ! vous de nos rois et la femme et la mère,
Êtes-vous à ce point parmi nous étrangère ?
Ignorez-vous nos lois ? et faut-il qu'aujourd'hui...
Voici votre (1) Mathan ; je vous laisse avec lui.

(1) Ce mot ainsi placé exprime toujours quelque sentiment d'affec-

**ATHALIE.**

Votre présence, Abner, est ici nécessaire.
Laissons là de Joad l'audace téméraire,
Et tout ce vain amas de superstitions
Qui ferme votre temple aux autres nations :
Un sujet plus pressant excite mes alarmes.
Je sais que, dès l'enfance élevé dans les armes,
Abner a le cœur noble, et qu'il rend à la fois
Ce qu'il doit à son Dieu, ce qu'il doit à ses rois :
Demeurez

# SCÈNE V.

**ATHALIE, MATHAN, ABNER,** *suite d'Athalie.*

**MATHAN.**

Grande reine, est-ce ici votre place ?
Quel trouble vous agite, et quel effroi vous glace ?
Parmi vos ennemis que venez-vous chercher ?
De ce temple profane osez-vous approcher ?
Avez-vous dépouillé cette haine si vive...

**ATHALIE.**

Prêtez-moi l'un et l'autre une oreille attentive.
Je ne veux point ici rappeler le passé,
Ni vous rendre raison du sang que j'ai versé :
Ce que j'ai fait, Abner, j'ai cru le devoir faire.
Je ne prends point pour juge un peuple téméraire :
Quoi que son insolence ait osé publier,
Le ciel même a pris soin de me justifier.
Sur d'éclatants succès ma puissance établie
A fait jusqu'aux deux mers respecter Athalie :
Par moi Jérusalem goûte un calme profond :
Le Jourdain ne voit plus l'Arabe vagabond,
Ni l'altier Philistin par d'éternels ravages,
Comme au temps de vos rois, désoler ses rivages ;
Le Syrien me traite et de reine et de sœur ;
Enfin de ma maison le perfide oppresseur,
Qui devait jusqu'à moi pousser sa barbarie,

tion, de mépris ou de haine : Abner parle ici avec toute la franchise
d'un soldat, et ne peut déguiser, en présence même d'Athalie, l'horreur
que lui inspire ce Mathan, dont elle a fait son favori.

Jéhu, le fier Jéhu tremble dans Samarie ;
De toutes parts pressé par un puissant voisin,
Que j'ai su soulever contre cet assassin,
Il me laisse en ces lieux souveraine maîtresse.
Je jouissais en paix du fruit de ma sagesse ;
Mais un trouble importun vient depuis quelques jours
De mes prospérités interrompre le cours.
Un songe (1) (me devrais-je inquiéter d'un songe ?)
Entretient dans mon cœur un chagrin qui le ronge :
Je l'évite partout, partout il me poursuit.

C'était pendant l'horreur d'une profonde nuit ;
Ma mère Jézabel devant moi s'est montrée,
Comme au jour de sa mort, pompeusement parée :
Ses malheurs n'avaient point abattu sa fierté ;
Même elle avait encor cet éclat emprunté
Dont elle eut soin de peindre et d'orner son visage (2),
Pour réparer des ans l'irréparable outrage (3) :
« Tremble, m'a-t-elle dit, fille digne de moi ;
« Le cruel Dieu des Juifs l'emporte aussi sur toi.
« Je te plains de tomber dans ses mains redoutables,
« Ma fille. » En achevant ces mots épouvantables,
Son ombre vers mon lit a paru se baisser :
Et moi, je lui tendais les mains pour l'embrasser ;
Mais je n'ai plus trouvé qu'un horrible mélange
D'os et de chairs meurtris et traînés dans la fange,
Des lambeaux pleins de sang, et des membres affreux
Que des chiens (4) dévorants se disputaient entre eux.

ABNER.

Grand Dieu !

ATHALIE.
Dans ce désordre à mes yeux se présente

(1) Le songe d'Athalie est le principal mobile de l'action dramatique.
Nathan lui-même sait en profiter pour donner à la reine de perfides
conseils, et préparer la ruine de son ennemi.

(2) Rois, liv. IV, ch. IX.

(3) Racine sait ennoblir les actions les plus communes de la vie par
la richesse des expressions. *Réparer* et *irréparable* forment une anti-
thèse d'une exquise délicatesse, parce que l'idée en est puisée dans la
nature.

(4) In agro Jezrahel comedent canes carnes Jezabel. Rois, liv. IV,
ch. IX. Racine, dans cet admirable morceau, a eu l'art de faire passer
certaines expressions que le style noble ne peut admettre.

Un jeune enfant couvert d'une robe éclatante,
Tel qu'on voit des Hébreux les prêtres revêtus.
Sa vue a ranimé mes esprits abattus :
Mais lorsque, revenant de mon trouble funeste,
J'admirais sa douceur, son air noble et modeste,
J'ai senti tout à coup un homicide acier
Que le traître en mon sein a plongé tout entier.
    De tant d'objets divers le bizarre assemblage
Peut-être du hasard vous paraît un ouvrage :
Moi-même quelque temps, honteuse de ma peur,
Je l'ai pris pour l'effet d'une sombre vapeur.
Mais de ce souvenir mon âme possédée
A deux fois en dormant revu la même idée (1) ;
Deux fois mes tristes yeux se sont vu retracer
Ce même enfant toujours tout prêt à me percer.
Lasse enfin des horreurs dont j'étais poursuivie,
J'allais prier Baal de veiller sur ma vie,
Et chercher du repos au pied de ses autels :
Que ne peut la frayeur sur l'esprit des mortels ?
Dans le temple des Juifs un instinct m'a poussée,
Et d'apaiser leur Dieu j'ai conçu la pensée :
J'ai cru que des présents calmeraient son courroux,
Que ce Dieu, quel qu'il soit, en deviendrait plus doux.
Pontife de Baal, excusez ma faiblesse.
J'entre. Le peuple fuit ; le sacrifice cesse ;
Le grand prêtre vers moi s'élance avec fureur :
Pendant qu'il me parlait, ô surprise ! ô terreur !
J'ai vu ce même enfant dont je suis menacée,
Tel qu'un songe effrayant l'a peint à ma pensée.
Je l'ai vu : son même air, son même habit de lin (2),
Sa démarche, ses yeux, et tous ses traits enfin :
C'est lui-même. Il marchait à côté du grand prêtre :
Mais bientôt à ma vue on l'a fait disparaître.

----

(1) *Idée* est pris ici pour *image* : remarquons cependant qu'on dit
*avoir* et non pas *revoir* la même idée.

(2) Josèphe, historien juif, raconte qu'Alexandre le Grand, en arri-
vant à Jérusalem, reconnut, sous les traits et l'habit du grand prêtre
Jaddus, le même homme qu'il avait vu en songe étant encore en Macé-
doine, et qui lui promettait la victoire. C'est peut-être ce qui a donné à
Racine l'idée du songe d'Athalie.

Voilà quel trouble ici m'oblige à m'arrêter,
Et sur quoi j'ai voulu tous deux vous consulter.
Que présage, Mathan, ce prodige incroyable?

MATHAN.

Ce songe et ce rapport, tout me semble effroyable.

ATHALIE.

Mais cet enfant fatal, Abner, vous l'avez vu :
Quel est-il? de quel sang ? et de quelle tribu ?

ABNER.

Deux enfants à l'autel prêtaient leur ministère :
L'un est fils de Joad, Josabet est sa mère ;
L'autre m'est inconnu.

MATHAN.

Pourquoi délibérer ?
De tous les deux , madame, il se faut assurer.
Vous savez pour Joad mes égards, mes mesures ;
Que je ne cherche point à venger mes injures ,
Que la seule équité règne en tous mes avis :
Mais lui-même, après tout, fût-ce son propre fils,
Voudrait-il un moment laisser vivre un coupable?

ABNER.

De quel crime un enfant peut-il être capable?

MATHAN.

Le ciel nous le fait voir un poignard à la main :
Le ciel est juste et sage , et ne fait rien en vain.
Que cherchez-vous de plus?

ABNER.

Mais, sur la foi d'un songe,
Dans le sang d'un enfant voulez-vous qu'on se plonge?
Vous ne savez encor de quel père il est né ,
Quel il est.

MATHAN.

On le craint, tout est examiné.
A d'illustres parents s'il doit son origine,
La splendeur de son sort doit hâter sa ruine :
Dans le vulgaire obscur si le sort l'a placé,
Qu'importe qu'au hasard un sang vil soit versé ?
Est-ce aux rois à garder cette lente justice?
Leur sûreté souvent dépend d'un prompt supplice.
N'allons point les gêner d'un soin embarrassant;

Dès qu'on leur est suspect, on n'est plus innocent (1).

ABNER.

Hé quoi , Mathan ! d'un prêtre est-ce là le langage ?
Moi, nourri dans la guerre aux horreurs du carnage,
Des vengeances des rois ministre rigoureux,
C'est moi qui prête ici ma voix au malheureux !
Et vous, qui lui devez des entrailles de père,
Vous, ministre de paix dans les temps de colère,
Couvrant d'un zèle faux votre ressentiment,
Le sang à votre gré coule trop lentement !
Vous m'avez commandé de vous parler sans feinte,
Madame : quel est donc ce grand sujet de crainte ?
Un songe, un faible enfant, que votre œil prévenu
Peut-être sans raison croit avoir reconnu.

ATHALIE.

Je le veux croire, Abner, je puis m'être trompée :
Peut-être un songe vain m'a trop préoccupée.
Eh bien ! il faut revoir cet enfant de plus près,
Il en faut à loisir examiner les traits.
Qu'on les fasse tous deux paraître en ma présence.

ABNER.

Je crains...

ATHALIE.

Manquerait-on pour moi de complaisance ?
De ce refus bizarre où seraient les raisons ?
Il pourrait me jeter en d'étranges soupçons.
Que Josabet, vous dis-je , ou Joad les amène.
Je puis, quand je voudrai, parler en souveraine:
Vos prêtres, je veux bien, Abner, vous l'avouer,
Des bontés d'Athalie ont lieu de se louer.
Je sais sur ma conduite et contre ma puissance
Jusqu'où de leurs discours ils portent la licence :
Ils vivent cependant, et leur temple est debout.
Mais je sens que bientôt ma douceur est à bout.
Que Joad mette un frein à son zèle sauvage,
Et ne m'irrite point par un second outrage.
Allez.

(1) De tout temps cette maxime épouvantable a été appliquée par
les tyrans ; jamais cependant elle n'avait été convertie en loi, comme
en 1793.

# SCÈNE VI.

**ATHALIE, MATHAN,** *suite d'Athalie.*

MATHAN.
Enfin je puis parler en liberté ;
Je puis dans tout son jour mettre la vérité.
Quelque monstre naissant dans ce temple s'élève,
Reine : n'attendez pas que le nuage crève (1).
Abner chez le grand prêtre a devancé le jour :
Pour le sang de ses rois vous savez son amour.
Et qui sait si Joad ne veut point en leur place
Substituer l'enfant dont le ciel vous menace,
Soit son fils, soit quelque autre ?
ATHALIE.
                    Oui, vous m'ouvrez les yeux ;
Je commence à voir clair dans cet avis des cieux.
Mais je veux de mon doute être débarrassée :
Un enfant est peu propre à trahir sa pensée ;
Souvent d'un grand dessein un mot nous fait juger.
Laissez-moi, cher Mathan, le voir, l'interroger.
Vous cependant, allez ; et, sans jeter d'alarmes
A tous mes Tyriens (2) faites prendre les armes.

# SCÈNE VII.

**JOAS, JOSABET, ATHALIE, ZACHARIE, ABNER,
SALOMITH,** DEUX LÉVITES, LE CHOEUR,
*suite d'Athalie.*

JOSABET, *aux deux lévites.*
O vous, sur ces enfants si chers, si précieux,
Ministres du Seigneur, ayez toujours les yeux.

(1) Cette expression, parfaitement vraie, n'est pas admise aujourd'hui
dans le style élevé.
(2) Athalie, petite-fille du roi de Sidon, devait avoir à son service des
soldats de ce pays.

ABNER, *à Josabet.*

Princesse, assurez-vous (1), je les prends sous ma garde.

ATHALIE.

O ciel ! plus j'examine, et plus je le regarde...
C'est lui ! D'horreur encor tous mes sens sont saisis.

( *Montrant Joas.* )

Épouse de Joad, est-ce là votre fils ?

JOSABET.

Qui ? lui, madame ?

ATHALIE.

Lui.

JOSABET.

Je ne suis point sa mère.

( *Montrant Zacharie.* )

Voilà mon fils.

ATHALIE, *à Joas,*

Et vous, quel est donc votre père ?
Jeune enfant, répondez.

JOSABET.

Le ciel jusqu'aujourd'hui...

ATHALIE, *à Josabet.*

Pourquoi vous pressez-vous de répondre pour lui ?
C'est à lui de parler.

JOSABET.

Dans un âge si tendre,
Quel éclaircissement en pouvez-vous attendre ?

ATHALIE.

Cet âge est innocent : son ingénuité
N'altère point encor la simple vérité.
Laissez-le s'expliquer sur tout ce qui le touche.

JOSABET, *à part.*

Daigne mettre, grand Dieu, ta sagesse en sa bouche !

ATHALIE.

Comment vous nommez-vous ?

JOAS.

J'ai nom Éliacin (2).

ATHALIE.

Votre père ?

(1) *Assurez-vous* pour *rassurez-vous* : nous avons déjà remarqué cette expression dans *Esther,* acte II, sc. VII.
(2) Tournure latine, qui plaît par sa naïveté.

JOAS.

Je suis, dit-on, un orphelin
Entre les bras de Dieu jeté dès ma naissance,
Et qui de mes parents n'eus jamais connaissance.

ATHALIE.

Vous êtes sans parents ?

JOAS.

Ils m'ont abandonné.

ATHALIE.

Comment, et depuis quand ?

JOAS.

Depuis que je suis né.

ATHALIE.

Ne sait-on pas au moins quel pays est le vôtre ?

JOAS.

Ce temple est mon pays ; je n'en connais point d'autre.

ATHALIE.

Où dit-on que le sort vous a fait rencontrer ?

JOAS.

Parmi des loups cruels prêts à me dévorer.

ATHALIE.

Qui vous mit dans ce temple ?

JOAS.

Une femme inconnue,
Qui ne dit point son nom, et qu'on n'a point revue.

ATHALIE.

Mais de vos premiers ans quelles mains ont pris soin ?

JOAS.

Dieu laissa-t-il jamais ses enfants au besoin ?
Aux petits des oiseaux il donne leur pâture (1),
Et sa bonté s'étend sur toute la nature.
Tous les jours je l'invoque ; et, d'un soin paternel,
Il me nourrit des dons offerts sur son autel (2).

ATHALIE.

Quel prodige nouveau me trouble et m'embarrasse ?

(1) Qui dat escam pullis corvorum invocantibus eum. Ps. 146.
(2) Cet interrogatoire est conduit avec tant d'art, l'intérêt dramatique tient si bien le spectateur en haleine, qu'il oublie la douceur et
l'élégance du style, pour donner toute son attention à cet enfant, qui
confond la curiosité d'Athalie par la sagesse de ses réponses. Ex ore
infantium et lactentium perfecisti laudem tuam. Ps. 8.

La douceur de sa voix, son enfance, sa grâce,
Font insensiblement à mon inimitié
Succéder.... Je serais sensible à la pitié !

ABNER.

Madame, voilà donc cet ennemi terrible ?
De vos songes menteurs l'imposture est visible :
A moins que la pitié, qui semble vous troubler,
Ne soit ce coup fatal qui vous faisait trembler.

ATHALIE, *à Joas et à Josabet.*

Vous sortez ?

JOSABET.

Vous avez entendu sa fortune (1) :
Sa présence à la fin pourrait être importune.

ATHALIE.

Non : revenez (2). Quel est tous les jours votre emploi ?

JOAS.

J'adore le Seigneur ; on m'explique sa loi ;
Dans son livre divin on m'apprend à la lire,
Et déjà de ma main je commence à l'écrire.

ATHALIE.

Que vous dit cette loi ?

JOAS.

Que Dieu veut être aimé ;
Qu'il venge tôt ou tard son saint nom blasphémé ;
Qu'il est le défenseur de l'orphelin timide ;
Qu'il résiste au superbe et punit l'homicide.

ATHALIE.

J'entends. Mais tout ce peuple enfermé dans ce lieu,
A quoi s'occupe-t-il ?

JOAS.

Il loue, il bénit Dieu.

ATHALIE.

Dieu veut-il qu'à toute heure on prie, on le contemple ?

JOAS.

Tout profane exercice est banni de son temple.

(1) *Sa fortune,* c'est-à-dire, le récit de tout ce qui lui est arrivé. Expression pleine de noblesse et de précision.

(2) Au moment où l'on croit Joas hors de danger, Athalie le rappelle, et renouvelle ainsi les alarmes des spectateurs. On ne peut assez admirer l'adresse avec laquelle Racine a coupé cette scène extrêmement longue.

ATHALIE.

Quels sont donc vos plaisirs ?

JOAS.

Quelquefois à l'autel
Je présente au grand prêtre ou l'encens ou le sel ;
J'entends chanter de Dieu les grandeurs infinies ;
Je vois l'ordre pompeux de ses cérémonies.

ATHALIE.

Hé quoi ! vous n'avez point de passe-temps (1) plus doux ?
Je plains le triste sort d'un enfant tel que vous.
Venez dans mon palais, vous y verrez ma gloire.

JOAS.

Moi ! des bienfaits de Dieu je perdrais la mémoire !

ATHALIE.

Non, je ne vous veux pas contraindre à l'oublier.

JOAS.

Vous ne le priez point.

ATHALIE.

Vous pourrez le prier.

JOAS.

Je verrais cependant en invoquer un autre.

ATHALIE.

J'ai mon Dieu que je sers ; vous servirez le vôtre :
Ce sont deux puissants Dieux...

JOAS.

Il faut craindre le mien ;
Lui seul est Dieu, madame ; et le vôtre n'est rien.

ATHALIE.

Les plaisirs, près de moi, vous chercheront en foule.

JOAS.

Le bonheur des méchants comme un torrent s'écoule.

ATHALIE.

Ces méchants, qui sont-ils ?

JOSABET.

Hé madame ! excusez
Un enfant...

ATHALIE, à Josabet.

J'aime à voir comme vous l'instruisez.

___

(1) Cette expression, qui a peu de noblesse en vers, est parfaitement convenable quand on parle des amusements d'un enfant.

Enfin, Éliacin, vous avez su me plaire ;
Vous n'êtes point sans doute un enfant ordinaire.
Vous voyez, je suis reine, et n'ai point d'héritier.
Laissez là cet habit, quittez ce vil métier :
Je veux vous faire part de toutes mes richesses.
Essayez dès ce jour l'effet de mes promesses ;
A ma table, partout, à mes côtés assis ,
Je prétends vous traiter comme mon propre fils.

JOAS.

Comme votre fils ?

ATHALIE.

Oui... Vous vous taisez ?

JOAS.

Quel père

Je quitterais ! et pour...

ATHALIE.

Éh bien ?

JOAS.

Pour quelle mère !

ATHALIE, *à Josabet.*

Sa mémoire est fidèle ; et, dans tout ce qu'il dit,
De vous et de Joad je reconnais l'esprit.
Voilà comme, infectant cette simple jeunesse,
Vous employez tous deux le calme où je vous laisse.
Vous cultivez déjà leur haine et leur fureur (1) :
Vous ne leur prononcez mon nom qu'avec horreur.

JOSABET.

Peut-on de nos malheurs leur dérober l'histoire ?
Tout l'univers les sait ; vous-même en faites gloire.

ATHALIE.

Oui, ma juste fureur, et j'en fais vanité,
A vengé mes parents sur ma postérité.
J'aurais vu massacrer et mon père et mon frère,
Du haut de son palais précipiter ma mère,
Et dans un même jour égorger à la fois
(Quel spectacle d'horreur !) quatre-vingts fils de rois ;
Et pourquoi ? pour venger je ne sais quels prophètes

---

(1) Figure tout à la fois juste et hardie. Athalie n'ignore pas que
tous les Israélites fidèles la maudissent, et qu'ils élèvent leurs enfants
dans les mêmes sentiments.

Dont elle avait puni les fureurs indiscrètes :
Et moi, reine sans cœur, fille sans amitié,
Esclave d'une lâche et frivole pitié,
Je n'aurais pas du moins à cette aveugle rage
Rendu meurtre pour meurtre, outrage pour outrage,
Et de votre David traité tous les neveux
Comme on traitait d'Achab les restes malheureux !
Où serais-je aujourd'hui, si, domptant ma faiblesse,
Je n'eusse d'une mère étouffé la tendresse ;
Si de mon propre sang ma main versant des flots,
N'eût par ce coup hardi réprimé vos complots?
Enfin, de votre Dieu l'implacable vengeance
Entre nos deux maisons rompit toute alliance :
David m'est en horreur ; et les fils de ce roi,
Quoique nés de mon sang, sont étrangers pour moi.

JOSABET.

Tout vous a réussi. Que Dieu voie, et nous juge.

ATHALIE.

Ce Dieu (1), depuis longtemps votre unique refuge,
Que deviendra l'effet (2) de ses prédictions?
Qu'il vous donne ce roi promis aux nations,
Cet enfant de David, votre espoir, votre attente...
Mais nous nous reverrons. Adieu. Je sors contente.
J'ai voulu voir ; j'ai vu.

ABNER, à Josabet.

         Je vous l'avais promis ;
Je vous rends le dépôt que vous m'avez commis.

---

(1) *Ce Dieu.* Construction renversée. Athalie affecte de répéter le mot *Dieu* que vient de prononcer Josabeth, ou pour signaler l'impuissance de ce Dieu, ou pour dire qu'il a jugé en sa faveur.

(2) *Que deviendra l'effet...* n'est pas exact. Athalie était persuadée qu'il ne restait aucun rejeton de David. Ainsi, les prédictions concernant la perpétuité de la race de ce prince restaient irrévocablement sans effet : *Que deviendra* ne pouvait donc se dire d'un effet qui n'avait pas eu lieu.

# SCÈNE VIII.

LES PRÉCÉDENTS, *excepté Athalie ;* JOAD.

JOSABET, *à Joad.*
Avez-vous entendu cette superbe reine,
Seigneur ?

JOAD.
J'entendais tout, et plaignais votre peine.
Ces lévites et moi, prêts à vous secourir,
Nous étions avec vous résolus de périr.
(*A Joas en l'embrassant.*)
Que Dieu veille sur vous, enfant dont le courage
Vient de rendre à son nom ce noble témoignage !
Je reconnais, Abner, ce service important :
Souvenez-vous de l'heure où Joad vous attend.
Et nous, dont cette femme impie et meurtrière
A souillé les regards et troublé la prière,
Rentrons ; et qu'un sang pur, par mes mains épanché,
Lave jusques au marbre où ses pas ont touché.

# SCÈNE IX.

LE CHOEUR.

*Une des filles du chœur.*
Quel astre à nos yeux vient de luire ?
Quel sera quelque jour cet enfant merveilleux ?
Il brave le faste orgueilleux,
Et ne se laisse point séduire
A tous ses attraits périlleux.
*Une autre.*
Pendant que du Dieu d'Athalie
Chacun court encenser l'autel,
Un enfant courageux publie
Que Dieu lui seul est éternel,
Et parle comme un autre Élie
Devant cette autre Jézabel.

*Une autre.*

Qui nous révélera ta naissance secrète,
Cher enfant ? Es-tu fils de quelque saint prophète ?

*Une autre.*

Ainsi l'on vit l'aimable Samuel
Croître à l'ombre du tabernacle :
Il devint des Hébreux l'espérance et l'oracle.
Puisses-tu , comme lui, consoler Israël !

*Une autre chante.*

O bienheureux mille fois
L'enfant que le Seigneur aime,
Qui de bonne heure entend sa voix,
Et que ce Dieu daigne instruire lui-même !
Loin du monde élevé, de tous les dons des cieux
Il est orné dès sa naissance ;
Et du méchant l'abord contagieux
N'altère point son innocence.

*Tout le chœur.*

Heureuse , heureuse l'enfance
Que le Seigneur instruit et prend sous sa défense !

*La même voix, seule.*

Tel en un secret vallon,
Sur le bord d'une onde pure,
Croit, à l'abri de l'aquilon,
Un jeune lis , l'amour de la nature.
Loin du monde élevé, de tous les dons des cieux
Il est orné dès sa naissance ;
Et du méchant l'abord contagieux
N'altère point son innocence.

*Tout le chœur.*

Heureux , heureux mille fois
L'enfant que le Seigneur rend docile à ses lois !

*Une voix, seule.*

Mon Dieu, qu'une vertu naissante
Parmi tant de périls marche à pas incertains !
Qu'une âme qui te cherche et veut être innocente
Trouve d'obstacle à ses desseins !
Que d'ennemis lui font la guerre !
Où se peuvent cacher tes saints ?
Les pécheurs couvrent la terre.

*Une autre.*

O palais de David, et sa chère cité,
Mont fameux, que Dieu même a longtemps habité,
Comment as-tu du ciel attiré la colère?
Sion, chère Sion, que dis-tu quand tu vois
        Une impie étrangère
    Assise, hélas! au trône de tes rois?

*Tout le chœur.*

Sion, chère Sion, que dis-tu quand tu vois
        Une impie étrangère
    Assise, hélas! au trône de tes rois?

*La même voix continue.*

        Au lieu des cantiques charmants
Où David t'exprimait ses saints ravissements,
Et bénissait son Dieu, son Seigneur et son père;
Sion, chère Sion, que dis-tu quand tu vois
    Louer le Dieu de l'impie étrangère,
Et blasphémer le nom qu'ont adoré tes rois?

*Une voix, seule.*

Combien de temps, Seigneur, combien de temps encore
Verrons-nous contre toi les méchants s'élever?
Jusque dans ton saint temple ils viennent te braver;
Ils traitent d'insensé le peuple qui t'adore.
Combien de temps, Seigneur, combien de temps encore
Verrons-nous contre toi les méchants s'élever (1)?

*Une autre.*

Que vous sert, disent-ils, cette vertu sauvage?
        De tant de plaisirs si doux
        Pourquoi fuyez-vous l'usage?
    Votre Dieu ne fait rien pour vous.

*Une autre.*

    Rions, chantons, dit cette troupe impie;
    De fleurs en fleurs, de plaisirs en plaisirs,
        Promenons nos désirs.
    Sur l'avenir insensé qui se fie!
De nos ans passagers le nombre est incertain :

(1) Usquequò peccatores, Domine, usquequò peccatores gloriabuntur
et loquentur iniquitatem? Ps. 93.

Hâtons-nous aujourd'hui de jouir de la vie ;
    Qui sait si nous serons demain (1) ?
              *Tout le chœur.*
Qu'ils pleurent, ô mon Dieu! qu'ils frémissent de crainte,
    Ces malheureux qui de ta cité sainte
    Ne verront point l'éternelle splendeur.
C'est à nous de chanter, nous à qui tu révèles
        Tes clartés immortelles,
C'est à nous de chanter tes dons et ta grandeur.
              *Une voix, seule.*
De tous ces vains plaisirs où leur âme se plonge,
Que leur restera-t-il ? Ce qui reste d'un songe
        Dont on a reconnu l'erreur.
    A leur réveil (ô réveil plein d'horreur! ),
        Pendant que le pauvre à ta table
Goûtera de ta paix la douceur ineffable,
Ils boiront dans la coupe affreuse, inépuisable (2),
Que tu présenteras, au jour de ta fureur,
        A toute la race coupable.
              *Tout le chœur.*
        O réveil plein d'horreur!
        O songe peu durable !
        O dangereuse erreur !

---

# ACTE III.

—

## SCÈNE PREMIÈRE.

MATHAN, NABAL, LE CHOEUR.

MATHAN.

Jeunes filles, allez. Qu'on dise à Josabet
Que Mathan veut ici lui parler en secret.

(1) Exiguum, et cum tædio est tempus vitæ nostræ... Venite ergo, et
fruamur bonis quæ sunt. Sap., ch. II, v. 1 et 6.

(2) Calix in manu Domini.... fæx ejus non est exinanita. Bibent
omnes peccatores terræ. Ps. 74.

*Une des filles du chœur.*

Mathan! O Dieu du ciel, puisses-tu le confondre!

NABAL.

Hé quoi! tout se disperse, et fuit sans vous répondre.

MATHAN.

Approchons.

## SCÈNE II.

### ZACHARIE, MATHAN, NABAL.

ZACHARIE.

Téméraire, où voulez-vous passer?
Au delà de ce lieu gardez-vous d'avancer :
C'est des ministres saints la demeure sacrée;
Les lois à tout profane en défendent l'entrée.
Qui cherchez-vous? Mon père, en ce jour solennel,
De l'idolâtre impur fuit l'aspect criminel;
Et devant le Seigneur maintenant prosternée
Ma mère en ce devoir craint d'être détournée.

MATHAN.

Mon fils, nous attendrons; cessez de vous troubler.
C'est votre illustre mère à qui je veux parler ;
Je viens ici chargé d'un ordre de la reine.

## SCÈNE III.

### MATHAN, NABAL.

NABAL.

Leurs enfants ont déjà leur audace hautaine.
Mais que veut Athalie en cette occasion?
D'où naît dans ses conseils cette confusion?
Par l'insolent Joad ce matin offensée,
Et d'un enfant fatal en songe menacée,
Elle allait immoler Joad à son courroux,
Et dans ce temple enfin placer Baal et vous.
Vous m'en aviez déjà confié votre joie ;
Et j'espérais ma part d'une si riche proie.

Qui fait changer ainsi ses vœux irrésolus?
MATHAN.
Ami, depuis deux jours je ne la connais plus.
Ce n'est plus cette reine éclairée, intrépide,
Élevée au-dessus de son sexe timide,
Qui d'abord accablait ses ennemis surpris,
Et d'un instant perdu connaissait tout le prix :
La peur d'un vain remords trouble cette grande âme;
Elle flotte, elle hésite; en un mot, elle est femme.
J'avais tantôt rempli d'amertume et de fiel
Son cœur, déjà saisi des menaces du ciel;
Elle-même, à mes soins confiant sa vengeance,
M'avait dit d'assembler sa garde en diligence.
Mais, soit que cet enfant devant elle amené,
De ses parents, dit-on, rebut infortuné,
Eût d'un songe effrayant diminué l'alarme,
Soit qu'elle eût même en lui vu je ne sais quel charme,
J'ai trouvé son courroux chancelant, incertain,
Et déjà remettant sa vengeance à demain.
Tous ses projets semblaient l'un l'autre se détruire.
« Du sort de cet enfant je me suis fait instruire,
« Ai-je dit; on commence à vanter ses aïeux :
« Joad de temps en temps le montre aux factieux,
« Le fait attendre aux Juifs comme un autre Moïse,
« Et d'oracles menteurs s'appuie et s'autorise. »
Ces mots ont fait monter la rougeur sur son front :
Jamais mensonge heureux n'eut un effet si prompt.
« Est-ce à moi de languir dans cette incertitude ?
« Sortons, a-t-elle dit, sortons d'inquiétude.
« Vous-même à Josabet prononcez cet arrêt :
« Les feux vont s'allumer, et le fer est tout prêt;
« Rien ne peut de leur temple empêcher le ravage,
« Si je n'ai de leur foi cet enfant pour otage. »
NABAL.
Eh bien! pour un enfant qu'ils ne connaissent pas,
Que le hasard peut-être a jeté dans leurs bras,
Voudront-ils que leur temple enseveli sous l'herbe...
MATHAN.
Ah! de tous les mortels connais le plus superbe.
Plutôt que dans mes mains par Joad soit livré
Un enfant qu'à son Dieu Joad a consacré,

3.

Tu lui verras subir la mort la plus terrible.
D'ailleurs pour cet enfant leur attache (1) est visible
Si j'ai bien de la reine entendu le récit,
Joad sur sa naissance en sait plus qu'il ne dit.
Quel qu'il soit, je prévois qu'il leur sera funeste :
Ils le refuseront. Je prends sur moi le reste,
Et j'espère qu'enfin de ce temple odieux
Et la flamme et le fer vont délivrer mes yeux.

NABAL.

Qui peut vous inspirer une haine si forte ?
Est-ce que de Baal le zèle vous transporte ?
Pour moi, vous le savez, descendu d'Ismaël,
Je ne sers ni Baal ni le Dieu d'Israël.

MATHAN.

Ami, peux-tu penser que d'un zèle frivole
Je me laisse aveugler pour une vaine idole,
Pour un fragile bois que malgré mon secours
Les vers sur son autel consument tous les jours ?
Né ministre du Dieu qu'en ce temple on adore,
Peut-être que Mathan le servirait encore,
Si l'amour des grandeurs, la soif de commander,
Avec son joug étroit pouvaient s'accommoder.
Qu'est-il besoin, Nabal, qu'à tes yeux je rappelle
De Joad et de moi la fameuse querelle,
Quand j'osai contre lui disputer l'encensoir ;
Mes brigues, mes combats, mes pleurs, mon désespoir ?
Vaincu par lui, j'entrai dans une autre carrière,
Et mon âme à la cour s'attacha tout entière.
J'approchai par degrés de l'oreille des rois ;
Et bientôt en oracle on érigea ma voix.
J'étudiai leur cœur, je flattai leurs caprices,
Je leur semai de fleurs le bord des précipices;
Près de leurs passions rien ne me fut sacré ;
De mesure et de poids je changeais à leur gré.
Autant qué de Joad l'inflexible rudesse
De leur superbe oreille offensait la mollesse,
Autant je les charmais par ma dextérité,
Dérobant à leurs yeux la triste vérité,
Prêtant à leurs fureurs des couleurs favorables,

(1) *Attache*, pour attachement.

Et prodigue surtout du sang des misérables.
   Enfin, au dieu nouveau qu'elle avait introduit,
Par les mains d'Athalie un temple fut construit.
Jérusalem pleura de se voir profanée;
Des enfants de Lévi la troupe consternée
En poussa vers le ciel des hurlements affreux :
Moi seul, donnant l'exemple aux timides Hébreux,
Déserteur de leur loi, j'approuvai l'entreprise,
Et par là de Baal méritai la prêtrise;
Par là je me rendis terrible à mon rival,
Je ceignis la tiare, et marchai son égal.
Toutefois, je l'avoue, en ce comble de gloire,
Du Dieu que j'ai quitté l'importune mémoire
Jette encore en mon âme un reste de terreur;
Et c'est ce qui redouble et nourrit ma fureur.
Heureux si, sur son temple achevant ma vengeance,
Je puis convaincre enfin sa haine d'impuissance,
Et parmi le débris, le ravage et les morts,
A force d'attentats perdre tous mes remords (1).
Mais voici Josabet.

# SCÈNE IV.

### JOSABET, MATHAN, NABAL.

##### MATHAN.
Envoyé par la reine
Pour rétablir le calme et dissiper la haine,
Princesse, en qui le ciel mit un esprit si doux (2),
Ne vous étonnez pas si je m'adresse à vous.
Un bruit, que j'ai pourtant soupçonné de mensonge,
Appuyant les avis qu'elle a reçus en songe,
Sur Joad, accusé de dangereux complots,

---

(1) Cette scène accélère la marche de la pièce, et porte la terreur
dramatique à son comble. Mathan n'attend rien moins du succès de
ses intrigues que la destruction du temple et la perte de ses ennemis.
Rien de plus éloquent, de plus poétique que cette peinture qu'il fait
de son propre cœur.
   (2) On voit que Mathan est capable de jouer tous les rôles; il sait,
quand il le faut, dissimuler sa cruauté et prendre un ton doucereux.

Allait de sa colère attirer tous les flots.
Je ne veux point ici vous vanter mes services :
De Joad contre moi je sais les injustices ;
Mais il faut à l'offense opposer les bienfaits.
Enfin je viens chargé de paroles de paix.
Vivez, solennisez vos fêtes sans ombrage.
De votre obéissance elle ne veut qu'un gage :
C'est (pour l'en détourner j'ai fait ce que j'ai pu)
Cet enfant sans parents, qu'elle dit qu'elle a vu (1).

JOSABET.

Éliacin ?

MATHAN.

J'en ai pour elle quelque honte :
D'un vain songe peut-être elle fait trop de compte.
Mais vous vous déclarez ses mortels ennemis,
Si cet enfant sur l'heure en mes mains n'est remis.
La reine impatiente attend votre réponse.

JOSABET.

Et voilà de sa part la paix qu'on nous annonce !

MATHAN.

Pourriez-vous un moment douter (2) de l'accepter ?
D'un peu de complaisance est-ce trop l'acheter ?

JOSABET.

J'admirais si Mathan, dépouillant (3) l'artifice,
Avait pu de son cœur surmonter l'injustice,
Et si de tant de maux le funeste inventeur
De quelque ombre de bien pouvait être l'auteur.

MATHAN.

De quoi vous plaignez-vous ? Vient-on avec furie
Arracher de vos bras votre fils Zacharie ?
Quel est cet autre enfant si cher à votre amour ?
Ce grand attachement me surprend à mon tour.
Est-ce un trésor pour vous si précieux, si rare ?
Est-ce un libérateur que le ciel vous prépare ?
Songez-y, vos refus pourraient me confirmer
Un bruit sourd que déjà l'on commence à semer.

---

(1) Hémistiche dur à l'oreille.

(2) *Douter de*, pour *hésiter*, est une expression incorrecte. On ne dit
pas *douter de* devant un verbe.

(3) On a déjà vu ce verbe avec un régime direct. *Esth.*, acte II, sc. Iʳᵉ.

JOSABET.

Quel bruit?

MATHAN.

Que cet enfant vient d'illustre origine;
Qu'à quelque grand projet votre époux le destine.

JOSABET.

Et Mathan, par ce bruit qui flatte sa fureur...

MATHAN.

Princesse, c'est à vous à me tirer d'erreur.
Je sais que, du mensonge implacable ennemie,
Josabet livrerait même sa propre vie,
S'il fallait que sa vie à sa sincérité
Coûtât le moindre mot contre la vérité.
Du sort de cet enfant on n'a donc nulle trace?
Une profonde nuit enveloppe sa race?
Et vous-même ignorez de quels parents issu (1).
De quelles mains Joad en ses bras l'a reçu?
Parlez, je vous écoute, et suis prêt de (2) vous croire.
Au Dieu que vous servez, princesse, rendez gloire.

JOSABET.

Méchant, c'est bien à vous d'oser ainsi nommer
Un Dieu que votre bouche enseigne à blasphémer!
Sa vérité par vous peut-elle être attestée,
Vous, malheureux, assis dans la chaire empestée (3)
Où le mensonge règne et répand son poison;
Vous, nourri dans la fourbe et dans la trahison?

# SCÈNE V.

## JOAD, JOSABET, MATHAN, NABAL.

JOAD.

Où suis-je? de Baal ne vois-je pas le prêtre (4)?
Quoi! fille de David, vous parlez à ce traître!

(1) Construction embarrassée.
(2) *Prêt de*, pour prêt à.
(3) *Et in cathedra pestilentiæ* non sedit. Ps. 1.
(4) Joad et Mathan ne s'étaient pas encore trouvés en face l'un de l'autre; on devait donc s'attendre à une sortie vigoureuse de la part de ce pontife, aussi courageux qu'ennemi de l'impiété.

Vous souffrez qu'il vous parle, et vous ne craignez pas
Que du fond de l'abîme entr'ouvert sous ses pas
Il ne sorte à l'instant des feux qui vous embrasent!
Ou qu'en tombant sur lui ces murs ne vous écrasent !
Que veut-il? de quel front cet ennemi de Dieu
Vient-il infecter l'air qu'on respire en ce lieu?

MATHAN.

On reconnaît Joad à cette violence.
Toutefois il devrait montrer plus de prudence,
Respecter une reine, et ne pas outrager
Celui que de son ordre elle a daigné charger.

JOAD.

Eh bien ! que nous fait-elle annoncer de sinistre?
Quel sera l'ordre affreux qu'apporte un tel ministre?

MATHAN.

J'ai fait à Josabet savoir sa volonté.

JOAD.

Sors donc de devant moi, monstre d'impiété.
De toutes tes horreurs, va, comble la mesure.
Dieu s'apprête à te joindre à la race parjure,
Abiron, et Dathan (1), Doëg (2), Achitophel (3) :
Les chiens à qui son bras a livré Jézabel,
Attendant que sur toi sa fureur se déploie,
Déjà sont à ta porte, et demandent leur proie.

MATHAN, *troublé.*

Avant la fin du jour... on verra qui de nous...
Doit... Mais sortons, Nabal.

NABAL.

                    Où vous égarez-vous ?
De vos sens étonnés quel désordre s'empare?
Voilà votre chemin.

(1) Coré, Dathan et Abiron furent engloutis vivants dans l'abîme,
pour s'être soulevés contre Moïse. Nomb., ch. XVI.

(2) Doëg, sur l'ordre de Saül, égorgea quatre-vingt-cinq prêtres ac-
cusés d'intelligence avec David.

(3) Achitophel, conseiller d'Absalon, se pendit de désespoir, de ce
que le sentiment de Chusaï avait prévalu sur le sien.

# SCÈNE VI.

### JOAD, JOSABET.

JOSABET.
L'orage se déclare :
Athalie en fureur demande Éliacin.
Déjà de sa naissance et de votre dessein
On commence, seigneur, à percer le mystère :
Peu s'en faut que Mathan ne m'ait nommé son père.
JOAD.
Au perfide Mathan qui l'aurait révélé ?
Votre trouble à Mathan n'a-t-il point trop parlé ?
JOSABET.
J'ai fait ce que j'ai pu pour m'en rendre maîtresse.
Cependant croyez-moi, seigneur, le péril presse.
Réservons cet enfant pour un temps plus heureux.
Tandis que les méchants délibèrent entre eux,
Avant qu'on l'environne, avant qu'on nous l'arrache,
Une seconde fois souffrez que je le cache ;
Les portes, les chemins lui sont encore ouverts.
Faut-il le transporter aux plus affreux déserts ?
Je suis prête : je sais une secrète issue
Par où, sans qu'on le voie, et sans être aperçue,
De Cédron avec lui traversant le torrent,
J'irai dans le désert où jadis en pleurant,
Et cherchant comme nous son salut dans la fuite,
David d'un fils rebelle évita la poursuite.
Je craindrais moins pour lui les lions et les ours....
Mais pourquoi de Jéhu refuser le secours ?
Je vous ouvre peut-être un avis salutaire.
Faisons de ce trésor Jéhu dépositaire :
On peut dans ses États le conduire aujourd'hui,
Et le chemin est court qui mène jusqu'à lui.
Jéhu n'a point un cœur farouche, inexorable ;
De David à ses yeux le nom est favorable.
Hélas ! est-il un roi si dur et si cruel,
A moins qu'il n'eût pour mère une autre Jézabel,

Qui d'un tel suppliant ne plaignît l'infortune ?
Sa cause à tous les rois n'est-elle pas commune ?

JOAD.

Quels timides conseils m'osez-vous suggérer ?
En l'appui de Jéhu pourriez-vous espérer ?

JOSABET.

Dieu défend-il tout soin et toute prévoyance ?
Ne l'offense-t-on point par trop de confiance ?
A ses desseins sacrés employant les humains,
N'a-t-il pas de Jéhu lui-même armé les mains ?

JOAD.

Jéhu, qu'avait choisi sa sagesse profonde,
Jéhu, sur qui je vois que votre espoir se fonde,
D'un oubli trop ingrat a payé ses bienfaits :
Jéhu laisse d'Achab l'affreuse fille en paix,
Suit des rois d'Israël les profanes exemples,
Du vil dieu de l'Égypte a conservé les temples ;
Jéhu, sur les hauts lieux enfin osant offrir
Un téméraire encens que Dieu ne peut souffrir,
N'a pour servir sa cause et venger ses injures
Ni le cœur assez droit, ni les mains assez pures.
Non, non ; c'est à Dieu seul qu'il nous faut attacher :
Montrons Éliacin ; et, loin de le cacher,
Que du bandeau royal sa tête soit ornée :
Je veux même avancer l'heure déterminée,
Avant que de Mathan le complot soit formé.

# SCÈNE VII.

JOAD, JOSABET, AZARIAS, *suivi du chœur
et de plusieurs lévites.*

JOAD.

Eh bien ! Azarias, le temple est-il fermé ?

AZARIAS.

J'en ai fait devant moi fermer toutes les portes.

JOAD.

N'y reste-t-il que vous et vos saintes cohortes ?

AZARIAS.

De ses parvis sacrés j'ai deux fois fait le tour.

Tout a fui; tous se sont séparés sans retour,
Misérable troupeau qu'a dispersé la crainte (1) :
Et Dieu n'est plus servi que dans la tribu sainte (2).
Depuis qu'à Pharaon ce peuple est échappé,
Une égale terreur ne l'avait point frappé.

JOAD.

Peuple lâche en effet, et né pour l'esclavage,
Hardi contre Dieu seul ! Poursuivons notre ouvrage.
Mais qui retient encor ces enfants parmi nous?

*Une des filles du chœur.*

Hé ! pourrions-nous, seigneur, nous séparer de vous ?
Dans le temple de Dieu sommes-nous étrangères?
Vous avez près de vous nos pères et nos frères.

*Une autre.*

Hélas ! si, pour venger l'opprobre d'Israël,
Nos mains ne peuvent pas, comme autrefois Jahel (3),
Des ennemis de Dieu percer la tête impie,
Nous lui pouvons du moins immoler notre vie.
Quand vos bras combattront pour son temple attaqué,
Par nos larmes du moins il peut être invoqué.

JOAD.

Voilà donc quels vengeurs s'arment pour ta querelle?
Des prêtres, des enfants, ô Sagesse éternelle !
Mais si tu les soutiens, qui peut les ébranler?
Du tombeau, quand tu veux, tu sais nous rappeler;
Tu frappes et guéris, tu perds et ressuscites (4).
Ils ne s'assurent point en leurs propres mérites,
Mais en ton nom sur eux invoqué tant de fois,
En tes serments (5) jurés au plus saint de leurs rois,
En ce temple où tu fais ta demeure sacrée,
Et qui doit du soleil égaler la durée.
Mais d'où vient que mon cœur frémit d'un saint effroi?

(1) Le peuple s'était dispersé à l'apparition d'Athalie dans le temple.
Acte II, sc. II.

(2) La tribu de Lévi, chargée, par la loi de Moïse, de tout ce qui con-
cernait le culte divin.

(3) Sizara, général des Chananéens, s'étant réfugié après sa défaite
dans la tente de Jahel, cette femme le fit périr pendant son sommeil,
en lui enfonçant un clou dans la tête. Juges, chap. V.

(4) Tu flagellas et solvas, deducis ad inferos et reducis. Tob., ch. XIII.

(5) *Serment juré, jurer un serment,* sont des expressions hardies qui

Est-ce l'Esprit divin qui s'empare de moi?          [vrent,
C'est lui-même : il m'échauffe ; il parle ; mes yeux s'ou-
Et les siècles obscurs devant moi se découvrent.
Lévites, de vos sons prêtez-moi les accords,
Et de ses mouvements secondez les transports.
    *Le chœur chante au son de toute la symphonie des*
                *instruments.*

Que du Seigneur la voix se fasse entendre,
  Et qu'à nos cœurs son oracle divin
     Soit ce qu'à l'herbe tendre
Est, au printemps, la fraîcheur du matin (1).

JOAD.

Cieux, écoutez ma voix (2). Terre, prête l'oreille.
Ne dis plus, ô Jacob, que ton Seigneur sommeille.
Pécheurs, disparaissez : le Seigneur se réveille.
   *Ici recommence la symphonie, et Joad aussitôt*
          *reprend la parole.*

Comment en un plomb vil l'or pur (3) s'est-il changé?...
Quel est dans le lieu saint ce pontife (4) égorgé?...
Pleure, Jérusalem, pleure, cité perfide,
Des prophètes divins malheureuse homicide ;
De son amour pour toi ton Dieu s'est dépouillé ;
Ton encens à ses yeux est un encens souillé...
  Où menez-vous ces enfants et ces femmes (5) ?
Le Seigneur a détruit la reine des cités :
Ses prêtres sont captifs, ses rois sont rejetés.
Dieu ne veut plus qu'on vienne à ses solennités.
Temple, renverse-toi. Cèdres, jetez des flammes.

---

ne conviennent pas à la prose, mais qui sont de grandes beautés en
poésie ou dans la haute éloquence. Les Grecs et les Latins en offrent de
nombreux exemples. Bossuet a dit : « Dormez votre sommeil, grands de
la terre. »

(1) Fluat ut ros eloquium meum, quasi imber super herbam. Deutér., ch. XXXII.

(2) Audite, cœli, quæ loquor ; audiat terra verba oris mei. Deut.,
ch. XXXII.

(3) Quomodo obscuratum est aurum, mutatus est color optimus?
Lament. Jér., ch. IV. Ce vers se rapporte à Joas, qui, plus tard, embrassa
le culte des idoles, et fit lapider le fils de son bienfaiteur. Paralip., liv.
II, ch. XXIV.

(4) Zacharie, fils de Joad.
(5) Captivité de Babylone.

Jérusalem , objet de ma douleur,
Quelle main en un jour t'a ravi tous tes charmes ?
Qui changera mes yeux en deux sources de larmes
  Pour pleurer ton malheur (1) ?

AZARIAS.

O saint temple !

JOSABET.

Ó David !

*Le chœur.*

  Dieu de Sion , rappelle ,
Rappelle en sa faveur tes antiques bontés..
*La symphonie recommence encore, et Joad un mo-*
  *ment après l'interrompt.*

JOAD.

Quelle Jérusalem nouvelle (2)
Sort du fond du désert brillante de clartés ,
Et porte sur le front une marque immortelle ?
  Peuples de la terre , chantez.
Jérusalem renaît plus charmante et plus belle :
  D'où lui viennent de tous côtés
Ces enfants (3) qu'en son sein elle n'a point portés ?
Lève, Jérusalem , lève ta tête altière ;
Regarde tous ces rois de ta gloire étonnés :
Les rois des nations devant toi prosternés ,
  De tes pieds baisent la poussière :
Les peuples à l'envi marchent à ta lumière.
Heureux qui pour Sion d'une sainte ferveur
  Sentira son âme embrasée !
  Cieux , répandez votre rosée,
Et que la terre enfante son Sauveur (4).

(1) Quis dabit capiti meo aquam , et oculis meis fontem lacryma-
rum ? Jér., ch. IX.

(2) L'Église de Jésus-Christ. —Quæ est ista quæ ascendit per deser-
tum ?... Cant. des Cant., ch. III.

(3) Les gentils.

(4) Rorate, cœli, desuper, et nubes pluant justum : aperiatur terra,
et germinet salvatorem. Isaïe, ch. XLVII. — Toute cette prophétie, dit
Geoffroy, composée de passages de l'Écriture très-bien liés ensemble,
est peut-être le plus beau morceau de poésie lyrique qu'il y ait en notre
langue. Il a de plus l'avantage d'être dramatique, et très-utile à l'action : il sert à remplir les lévites d'un enthousiasme divin; il en fait

JOSABET.

Hélas ! d'où nous viendra cette insigne faveur,
Si les rois de qui doit descendre ce Sauveur...

JOAD.

Préparez, Josabet, le riche diadème
Que sur son front sacré David porta lui-même.

(*Aux lévites.*)

Et vous, pour vous armer suivez-moi dans ces lieux
Où se garde caché, loin des profanes yeux,
Ce formidable amas de lances et d'épées
Qui du sang philistin jadis furent trempées,
Et que David vainqueur, d'ans et d'honneurs chargé,
Fit consacrer au Dieu qui l'avait protégé.
Peut-on les employer pour un plus noble usage?
Venez, je veux moi-même en faire le partage.

# SCÈNE VIII.

SALOMITH, LE CHOEUR.

SALOMITH.

Que de craintes , mes sœurs, que de troubles mortels !
  Dieu tout-puissant, sont-ce là les prémices,
    Les parfums et les sacrifices
Qu'on devait en ce jour offrir sur tes autels?

*Une des filles du chœur.*

  Quel spectacle à nos yeux timides !
  Qui l'eût cru qu'on dût voir jamais
Les glaives meurtriers, les lances homicides
  Briller dans la maison de paix ?

*Une autre.*

D'où vient que, pour son Dieu pleine d'indifférence,
Jérusalem se tait en ce pressant danger?
  D'où vient, mes sœurs, que, pour nous protéger,
Le brave Abner au moins ne rompt pas le silence?

SALOMITH.

Hélas ! dans une cour où l'on n'a d'autres lois

des soldats invincibles, prêts à braver tous les dangers pour la défense
de Joas et du temple.

Que la force et la violence,
Où les honneurs et les emplois
Sont le prix d'une aveugle et basse obéissance,
Ma sœur, pour la triste innocence
Qui voudrait élever sa voix?

*Une autre.*

Dans ce péril, dans ce désordre extrême,
Pour qui prépare-t-on le sacré diadème?

SALOMITH.

Le Seigneur a daigné parler.
Mais ce qu'à son prophète il vient de révéler,
Qui pourra nous le faire entendre?
S'arme-t-il pour nous défendre?
S'arme-t-il pour nous accabler?

*Tout le chœur chante.*

O promesse! ô menace! ô ténébreux mystère!
Que de maux, que de biens sont prédits tour à tour!
Comment peut-on avec tant de colère
Accorder tant d'amour?

*Une voix, seule.*

Sion ne sera plus; une flamme cruelle
Détruira tous ses ornements.

*Une autre voix.*

Dieu protége Sion; elle a pour fondements
Sa parole éternelle.

*La première.*

Je vois tout son éclat disparaître à mes yeux.

*La seconde.*

Je vois de toutes parts sa clarté répandue.

*La première.*

Dans un gouffre profond Sion est descendue.

*La seconde.*

Sion a son front dans les cieux.

*La première*

Quel triste abaissement!

*La seconde.*

Quelle immortelle gloire!

*La première.*

Que de cris de douleur!

*La seconde.*

      Que de chants de victoire !

*Une troisième.*

Cessons de nous troubler ; notre Dieu , quelque jour,
      Dévoilera ce grand mystère.

        *Toutes trois.*

      Révérons sa colère,
      Éspérons en son amour.

        *Une autre.*

      D'un cœur qui t'aime ,
    Mon Dieu , qui peut troubler la paix ?
Il cherche en tout ta volonté suprême ,
      Et ne se cherche jamais.
   Sur la terre, dans le ciel même ,
Est-il d'autre bonheur que la tranquille paix
      D'un cœur qui t'aime (1) ?

---

# ACTE IV.

—

## SCÈNE PREMIÈRE.

JOAS, JOSABET, ZACHARIE, SALOMITH ,
UN LÉVITE, LE CHŒUR.

SALOMITH.

D'un pas majestueux, à côté de ma mère,
Le jeune Éliacin s'avance avec mon frère.
Dans ces voiles , mes sœurs , que portent-ils tous deux?
Quel est ce glaive enfin qui marche (2) devant eux ?

     JOSABET , *à Zacharie.*

Mon fils, avec respect posez sur cette table

(1) N'est-il pas admirable que Racine ait trouvé le secret de repro-
duire, dans un simple chœur, les plus grandes beautés du dialogue de
Polyeucte et de Pauline? Pol., acte IV, sc. III.

(2) Cette expression peint la gravité majestueuse avec laquelle le
glaive était porté à la tête du cortége.

De notre sainte loi le livre redoutable.
Et vous aussi, posez, aimable Éliacin,
Cet auguste bandeau près du livre divin.
Lévite, il faut placer (Joad ainsi l'ordonne)
Le glaive de David auprès de sa couronne.

JOAS.

Princesse, quel est donc ce spectacle nouveau?
Pourquoi ce livre saint, ce glaive, ce bandeau?
Depuis que le Seigneur m'a reçu dans son temple,
D'un semblable appareil je n'ai point vu d'exemple.

JOSABET.

Tous vos doutes, mon fils, bientôt s'éclairciront.

JOAS.

Vous voulez essayer ce bandeau sur mon front?
Ah princesse! gardez d'en profaner la gloire!
Du roi qui l'a porté respectez la mémoire.
Un malheureux enfant aux ours abandonné...

JOSABET, *lui essayant le diadème.*

Laissez, mon fils : je fais ce qui m'est ordonné.

JOAS.

Mais j'entends les sanglots sortir de votre bouche!
Princesse, vous pleurez! quelle pitié vous touche?
Est-ce qu'en holocauste aujourd'hui présenté
Je dois, comme autrefois la fille de Jephté,
Du Seigneur par ma mort apaiser la colère?
Hélas! un fils n'a rien qui ne soit à son père.

JOSABET.

Voici qui vous dira (1) les volontés des cieux.
Ne craignez rien. Et nous, sortons tous de ces lieux.


# SCÈNE II.

### JOAD, JOAS.


JOAS, *courant dans les bras du grand prêtre.*
Mon père!

-----

(1) *Voici qui vous dira*, pour *voici celui qui vous dira.* Cette dernière locution n'eût pas eu la même vivacité; mais la première est une
licence dont il ne faut user qu'avec beaucoup de réserve.

JOAD.
Eh bien, mon fils ?

JOAS.
Qu'est-ce donc qu'on prépare ?

JOAD.
Il est juste, mon fils, que je vous le déclare.
Il faut que vous soyez instruit, même avant tous,
Des grands desseins de Dieu sur son peuple et sur vous.
Armez-vous d'un courage et d'une foi nouvelle ;
Il est temps de montrer cette ardeur et ce zèle
Qu'au fond de votre cœur mes soins ont cultivés,
Et de payer à Dieu ce que vous lui devez.
Sentez-vous cette noble et généreuse envie ?

JOAS.
Je me sens prêt, s'il veut, de lui donner ma vie.

JOAD.
On vous a lu souvent l'histoire de nos rois :
Vous souvient-il, mon fils, quelles étroites lois
Doit s'imposer un roi digne du diadème ?

JOAS.
Un roi sage, ainsi Dieu l'a prononcé lui-même (1),
Sur la richesse et l'or ne met point son appui ;
Craint le Seigneur son Dieu, sans cesse a devant lui
Ses préceptes, ses lois, ses jugements sévères,
Et d'injustes fardeaux n'accable point ses frères.

JOAD.
Mais sur l'un de ces rois s'il fallait vous régler,
A qui choisiriez-vous, mon fils, de ressembler ?

JOAS.
David, pour le Seigneur plein d'un amour fidèle,
Me paraît des grands rois le plus parfait modèle.

JOAD.
Ainsi dans leurs excès vous n'imiteriez pas
L'infidèle Joram, l'impie Ochozias ?

JOAS.
O mon père !

JOAD.
Achevez, dites ; que vous en semble ?

_________

(1) Deutér., ch. XVII.

JOAS.

Puisse périr comme eux quiconque leur ressemble !
(*Joad se prosterne à ses pieds.*)
Mon père, en quel état vous vois-je devant moi?

JOAD.

Je vous rends le respect que je dois à mon roi.
De votre aïeul David, Joas, rendez-vous digne.

JOAS.

Joas ! moi ?

JOAD, *se relevant.*

Vous saurez par quelle grâce insigne,
D'une mère en fureur Dieu trompant le dessein,
Quand déjà son poignard était dans votre sein,
Vous choisit, vous sauva du milieu du carnage.
Vous n'êtes pas encore échappé de sa rage :
Avec la même ardeur qu'elle voulut jadis)
Perdre en vous le dernier des enfants de son fils,
A vous faire périr sa cruauté s'attache,
Et vous poursuit encor sous le nom qui vous cache.
Mais sous vos étendards j'ai déjà su ranger
Un peuple obéissant, et prompt à vous venger.
Entrez, généreux chefs des familles sacrées,
Du ministère saint tour à tour honorées.

# SCÈNE III.

### JOAS, JOAD, AZARIAS, ISMAEL,
#### TROIS AUTRES CHEFS DES LÉVITES.

JOAD.

Roi, voilà vos vengeurs contre vos ennemis.
Prêtres, voilà le roi que je vous ai promis.

AZARIAS.

Quoi ! c'est Éliacin ?

ISMAEL.

Quoi ! cet enfant aimable...

JOAD.

Est des rois de Juda l'héritier véritable,
Dernier né des enfants du triste Ochozias,

Nourri, vous le savez, sous le nom de Joas.
De cette fleur si tendre et sitôt moissonnée
Tout Juda, comme vous, plaignant la destinée,
Avec ses frères morts le crut enveloppé.
Du perfide couteau comme eux il fut frappé :
Mais Dieu du coup mortel sut détourner l'atteinte,
Conserva dans son cœur la chaleur presque éteinte,
Permit que, des bourreaux trompant l'œil vigilant,
Josabet dans son sein l'emportât tout sanglant,
Et n'ayant de son vol que moi seul pour complice,
Dans le temple cachât l'enfant et la nourrice.

JOAS.

Hélas ! de tant d'amour et de tant de bienfaits,
Mon père, quel moyen de m'acquitter jamais ?

JOAD.

Gardez pour d'autres temps cette reconnaissance.
  Voilà donc votre roi, votre unique espérance.
J'ai pris soin jusqu'ici de vous le conserver ;
Ministres du Seigneur, c'est à vous d'achever.
Bientôt de Jézabel la fille meurtrière,
Instruite que Joas voit encor la lumière,
Dans l'horreur du tombeau viendra le replonger ;
Déjà, sans le connaître, elle veut l'égorger.
Prêtres saints, c'est à vous de prévenir sa rage :
Il faut finir des Juifs le honteux esclavage,
Venger vos princes morts, relever votre loi,
Et faire aux deux tribus reconnaître leur roi.
L'entreprise, sans doute, est grande et périlleuse :
J'attaque sur son trône une reine orgueilleuse,
Qui voit sous ses drapeaux marcher un camp nombreux
De hardis étrangers, d'infidèles Hébreux :
Mais ma force est au Dieu dont l'intérêt me guide.
Songez qu'en cet enfant tout Israël réside,
Déjà ce Dieu vengeur commence à la troubler :
Déjà, trompant ses soins, j'ai su vous rassembler.
Elle nous croit ici sans armes, sans défense.
Couronnons, proclamons Joas en diligence :
De là, du nouveau prince intrépides soldats,
Marchons en invoquant l'arbitre des combats ;
Et, réveillant la foi dans les cœurs endormie,
Jusque dans son palais cherchons notre ennemie.

Et quels cœurs si plongés dans un lâche sommeil,
Nous voyant avancer dans ce saint appareil,
Ne s'empresseront pas à suivre notre exemple ?
Un roi, que Dieu lui-même a nourri dans son temple ;
Le successeur d'Aaron, de ses prêtres suivi,
Conduisant au combat les enfants de Lévi ;
Et, dans ces mêmes mains des peuples révérées,
Les armes au Seigneur par David consacrées !
Dieu sur ses ennemis répandra sa terreur.
Dans l'infidèle sang baignez-vous sans horreur ;
Frappez et Tyriens et même Israélites.
Ne descendez-vous pas de ces fameux lévites
Qui, lorsqu'au Dieu du Nil le volage Israël
Rendit dans le désert un culte criminel,
De leurs plus chers parents saintement homicides (1),
Consacrèrent leurs mains dans le sang des perfides,
Et par ce noble exploit vous acquirent l'honneur
D'être seuls employés aux autels du Seigneur ?
Mais je vois que déjà vous brûlez de me suivre.
Jurez donc avant tout sur cet auguste livre,
A ce roi que le ciel vous redonne aujourd'hui,
De vivre, de combattre et de mourir pour lui (2).

AZARIAS, *au bout de la table, ayant la main sur*
*le livre saint.*

Oui, nous jurons ici pour nous, pour tous nos frères,
De rétablir Joas au trône de ses pères,
De ne poser le fer entre nos mains remis
Qu'après l'avoir vengé de tous ses ennemis.
Si quelque transgresseur enfreint cette promesse,
Qu'il éprouve, grand Dieu, ta fureur vengeresse ;
Qu'avec lui ses enfants, de ton partage exclus,
Soient au rang de ces morts que tu ne connais plus (3) !

(1) Moïse voulant punir le crime dont s'était rendu coupable le peuple hébreu, en adorant le veau d'or, ordonna aux enfants de Lévi de parcourir le camp d'un bout à l'autre, et de massacrer indistinctement tous ceux qu'ils rencontreraient sur leur passage.

(2) Ce discours de Joad égale, pour la poésie et l'éloquence, les plus belles harangues que nous lisons dans les historiens grecs et latins.

(3) Sicut vulnerati dormientes in sepulcris, quorum memor non es amplius. Ps. 87. — Ce magnifique serment surpasse tout ce que l'antiquité nous a laissé de plus beau en ce genre.

JOAD.

Et vous, à cette loi, votre règle éternelle,
Roi, ne jurez-vous pas d'être toujours fidèle?

JOAS.

Pourrais-je à cette loi ne me pas conformer?

JOAD.

O mon fils ! de ce nom j'ose encor vous nommer,
Souffrez cette tendresse, et pardonnez aux larmes
Que m'arrachent pour vous de trop justes alarmes ;
Loin du trône nourri, de ce fatal honneur,
Hélas ! vous ignorez le charme empoisonneur ;
De l'absolu pouvoir vous ignorez l'ivresse,
Et des lâches flatteurs la voix enchanteresse.
Bientôt ils vous diront que les plus saintes lois,
Maîtresses du vil peuple, obéissent aux rois ;
Qu'un roi n'a d'autre frein que sa volonté même ;
Qu'il doit immoler tout à sa grandeur suprême ;
Qu'aux larmes, au travail, le peuple est condamné,
Et d'un sceptre de fer veut être gouverné ;
Que, s'il n'est opprimé, tôt ou tard il opprime.
Ainsi de piége en piége, et d'abîme en abîme,
Corrompant de vos mœurs l'aimable pureté,
Ils vous feront enfin haïr la vérité,
Vous peindront la vertu sous une affreuse image.
Hélas ! ils ont des rois égaré le plus sage (I).
Promettez sur ce livre, et devant ces témoins,
Que Dieu sera toujours le premier de vos soins ;
Que, sévère aux méchants, et des bons le refuge,
Entre le pauvre et vous, vous prendrez Dieu pour juge ;
Vous souvenant, mon fils, que, caché sous ce lin,
Comme eux (2) vous fûtes pauvre, et comme eux orphelin.

JOAS, *au milieu de la table, ayant la main sur le
livre saint.*

Je promets d'observer ce que la loi m'ordonne.
Mon Dieu, punissez-moi si je vous abandonne !

_______________

(1) Salomon.
(2) *Comme eux* se rapporte non à *pauvre* qui précède, mais plutôt a
l'idée de *pluralité* renfermée dans ce mot. Cette figure se nomme *syl-
lepse.*

**JOAD.**

Venez : de l'huile sainte il faut vous consacrer.
Paraissez, Josabet ; vous pouvez vous montrer.

# SCÈNE IV.

LES PRÉCÉDENTS, JOSABET, ZACHARIE, SALOMITH,
LE CHOEUR.

JOSABET, *embrassant Joas.*
O roi, fils de David !

JOAS.
O mon unique mère !
Venez, cher Zacharie, embrasser votre frère.
JOSABET, *à Zacharie.*
Aux pieds de votre roi prosternez-vous, mon fils.
(*Zacharie se jette aux pieds de Joas.*)
JOAD, *pendant qu'ils s'embrassent.*
Enfants, ainsi toujours puissiez-vous être unis !
JOSABET, *à Joas.*
Vous savez donc quel sang vous a donné la vie ?
JOAS.
Et je sais quelle main sans vous me l'eût ravie.
JOSABET.
De votre nom, Joas, je puis donc vous nommer ?
JOAS.
Joas ne cessera jamais de vous aimer.
*Le chœur.*
Quoi ! c'est là...

JOSABET.
C'est Joas.
JOAD.
Écoutons ce lévite.

# SCÈNE V.

### LES PRÉCÉDENTS, UN LÉVITE.

### UN LÉVITE.

J'ignore contre Dieu quel projet on médite,
Mais l'airain menaçant frémit de toutes parts ;
On voit luire des feux parmi des étendards,
Et sans doute Athalie assemble son armée :
Déjà même au secours toute voie est fermée ;
Déjà le sacré mont, où le temple est bâti,
D'insolents Tyriens est partout investi ;
L'un d'eux en blasphémant, vient de nous faire entendre
Qu'Abner est dans les fers, et ne peut nous défendre.

### JOSABET, *à Joas.*

Cher enfant, que le ciel en vain m'avait rendu,
Hélas ! pour vous sauver j'ai fait ce que j'ai pu :
Dieu ne se souvient plus de David votre père.

### JOAD, *à Josabet.*

Quoi ! vous ne craignez pas d'attirer sa colère
Sur vous et sur ce roi si cher à votre amour ?
Et quand Dieu, de vos bras l'arrachant sans retour,
Voudrait que de David la maison fût éteinte,
N'êtes-vous pas ici sur la montagne sainte
Où le père des Juifs sur son fils innocent
Leva sans murmurer un bras obéissant,
Et mit sur un bûcher ce fruit de sa vieillesse,
Laissant à Dieu le soin d'accomplir sa promesse,
Et lui sacrifiant, avec ce fils aimé,
Tout l'espoir de sa race en lui seul renfermé ?
    Amis, partageons-nous. Qu'Ismaël en sa garde
Prenne tout le côté que l'orient regarde ;
Vous, le côté de l'Ourse ; et vous, de l'occident ;
Vous, le midi. Qu'aucun, par un zèle imprudent,
Découvrant mes desseins, soit prêtre, soit lévite,
Ne sorte avant le temps et ne se précipite ;
Et que chacun enfin, d'un même esprit poussé,
Garde en mourant le poste où je l'aurai placé.
L'ennemi nous regarde, en son aveugle rage,

Comme de vils troupeaux réservés au carnage,
Et croit ne rencontrer que désordre et qu'effroi.
Qu'Azarias partout accompagne le roi.
        (*A Joas.*)
Venez, cher rejeton d'une vaillante race,
Remplir vos défenseurs d'une nouvelle audace ;
Venez du diadème à leurs yeux vous couvrir ;
Et périssez du moins en roi , s'il faut périr.
                        (*A un lévite.*)
Suivez-le, Josabet. Vous , donnez-moi ces armes.
        (*Au chœur.*)
Enfants, offrez à Dieu vos innocentes larmes.


# SCÈNE VI.


### SALOMITH, LE CHŒUR.


*Le chœur chante.*
Partez, enfants d'Aaron, partez :
Jamais plus illustre querelle
De vos aïeux n'arma le zèle.
Partez, enfants d'Aaron, partez ;
C'est votre roi, c'est Dieu pour qui vous combattez.
*Une voix , seule.*
Où sont les traits que tu lances ,
Grand Dieu, dans ton juste courroux ?
N'es-tu plus le Dieu jaloux ?
N'es-tu plus le Dieu des vengeances ?
*Une autre.*
Où sont, Dieu de Jacob , tes antiques bontés ?
Dans l'horreur qui nous environne
N'entends-tu que la voix de nos iniquités ?
N'es-tu plus le Dieu qui pardonne ?
*Le chœur.*
Où sont, Dieu de Jacob , tes antiques bontés ?
*Une voix , seule.*
C'est à toi que dans cette guerre
Les flèches des méchants prétendent s'adresser.
Faisons, disent-ils , cesser

Les fêtes de Dieu sur la terre (1) ;
De son joug importun délivrons les mortels ;
Massacrons tous ses saints ; renversons ses autels ;
Que de son nom , que de sa gloire
Il ne reste plus de mémoire ;
Que ni lui ni son Christ ne règnent plus sur nous.

*Le chœur.*

Où sont les traits que tu lances ,
Grand Dieu, dans ton juste courroux ?
N'es-tu plus le Dieu jaloux ?
N'es-tu plus le Dieu des vengeances ?

*Une voix, seule.*

Triste reste de nos rois,
Chère et dernière fleur d'une tige si belle,
Hélas ! sous le couteau d'une mère cruelle
Te verrons-nous tomber une seconde fois?
Prince aimable, dis-nous si quelque ange , au berceau,
Contre tes assassins prit soin de te défendre ;
Ou si dans la nuit du tombeau
La voix du Dieu vivant a ranimé ta cendre.

*Une autre.*

D'un père et d'un aïeul contre toi révoltés ,
Grand Dieu, les attentats lui sont-ils imputés ?
Est-ce que sans retour ta pitié l'abandonne ?

*Le chœur.*

Où sont, Dieu de Jacob, les antiques bontés ?
N'es-tu plus le Dieu qui pardonne ?

*Une des filles du chœur, sans chanter.*

Chères sœurs, n'entendez-vous pas
Des cruels Tyriens la trompette qui sonne ?

SALOMITH.

J'entends même les cris des barbares soldats,
Et d'horreur j'en frissonne.
Courons , fuyons , retirons-nous
A l'ombre salutaire
Du redoutable sanctuaire.

(1) Quiescere faciamus omnes dies festos Dei a terra. Ps. 73. — Les impies ont tenu ce langage dans tous les temps, et toujours ils ont échoué dans leurs tentatives.

# ACTE V.

## SCÈNE PREMIÈRE.

ZACHARIE, SALOMITH, LE CHOEUR.

SALOMITH.

Cher Zacharie, eh bien! que nous apprenez-vous?
Les ennemis de Dieu ressentent-ils nos coups ?
ZACHARIE.
Redoublez au Seigneur votre ardente prière :
Peut-être nous touchons à notre heure dernière ;
Pour l'horrible combat, ma sœur, l'ordre est donné.
SALOMITH.
Que fait Joas?

ZACHARIE.
Joas vient d'être couronné :
Le grand prêtre a sur lui répandu l'huile sainte.
O ciel! dans tous les yeux quelle joie était peinte
A l'aspect de ce roi racheté du tombeau !
Ma sœur, on voit encor la marque du couteau :
On voit paraître aussi sa fidèle nourrice,
Qui, cachée en un coin de ce vaste édifice,
Gardait ce cher dépôt, et n'avait de ses soins
Que les yeux de ma mère et que Dieu pour témoins.
Nos lévites pleuraient de joie et de tendresse,
Et mêlaient leurs sanglots à leurs cris d'allégresse.
Lui, parmi ces transports, affable et sans orgueil,
A l'un tendait la main, flattait l'autre de l'œil,
Jurait de se régler par leurs avis sincères,
Et les appelait tous ses pères ou ses frères.
SALOMITH.
Ce secret au dehors est-il aussi semé ?

ZACHARIE.

Ce secret dans le temple est encor renfermé.
Des enfants de Lévi la troupe partagée
Dans un profond silence aux portes s'est rangée.
Tous doivent à la fois précipiter leurs pas,
Et crier pour signal : Vive le roi Joas !
Mais mon père défend que le roi se hasarde,
Et veut qu'Azarias demeure pour sa garde.
Cependant Athalie, un poignard à la main,
Rit des faibles remparts de nos portes d'airain.
Pour les rompre, elle attend les fatales machines,
Et ne respire enfin que sang et que ruines.
Quelques prêtres, ma sœur, ont d'abord proposé
Qu'en un lieu souterrain par nos pères creusé
On renfermât du moins notre arche précieuse.
O crainte, a dit mon père, indigne, injurieuse !
L'arche qui fit tomber tant de superbes tours
Et força le Jourdain de rebrousser son cours,
Des dieux des nations tant de fois triomphante,
Fuirait donc à l'aspect d'une femme insolente !
Ma mère auprès du roi, dans un trouble mortel,
L'œil tantôt sur ce prince et tantôt vers l'autel,
Muette, et succombant sous le poids des alarmes,
Aux yeux les plus cruels arracherait des larmes.
Le roi, de temps en temps, la presse entre ses bras,
La flatte. . Chères sœurs, suivez toutes mes pas ;
Et, s'il faut aujourd'hui que notre roi périsse,
Allons, qu'un même sort avec lui nous unisse.

SALOMITH.

Quelle insolente main frappe à coups redoublés ?
Qui fait courir ainsi ces lévites troublés ?
Quelle précaution leur fait cacher leurs armes ?
Le temple est-il forcé ?

ZACHARIE.

      Dissipez vos alarmes ;
Dieu nous envoie Abner.

# SCÈNE  II.

ABNER,  JOAD , JOSABET, ZACHARIE , SALOMITH,
ISMAEL , DEUX LÉVITES, LE CHŒUR.

JOAD.
En croirai-je mes yeux ,
Cher Abner ? quel chemin a pu jusqu'en ces lieux
Vous conduire au travers d'un camp qui nous assiége ?
On disait que d'Achab la fille sacrilége
Avait, pour assurer ses projets inhumains ,
Chargé d'indignes fers vos généreuses mains ?
ABNER.
Oui, seigneur ; elle a craint mon zèle et mon courage :
Mais c'est le moindre prix que me gardait sa rage.
Dans l'horreur d'un cachot par son ordre enfermé,
J'attendais que, le temple en cendre consumé ,
De tant de flots de sang non encore assouvie ,
Elle vint m'affranchir d'une importune vie ,
Et retrancher des jours qu'aurait dû mille fois
Terminer la douleur de survivre à mes rois.
JOAD.
Par quel miracle a-t-on obtenu votre grâce ?
ABNER.
Dieu dans ce cœur cruel sait seul ce qui se passe.
Elle m'a fait venir ; et d'un air égaré :
« Tu vois de mes soldats tout ce temple entouré,
« Dit-elle ; un feu vengeur va le réduire en cendre,
« Et ton Dieu contre moi ne le saurait défendre.
« Ses prêtres toutefois, mais il faut se hâter,
« A deux conditions peuvent se racheter.
« Qu'avec Éliacin on mette en ma puissance
« Un trésor dont je sais qu'ils ont la connaissance,
« Par votre roi David autrefois amassé,
« Sous le sceau du secret au grand prêtre laissé.
« Va, dis-leur qu'à ce prix je leur permets de vivre. »
JOAD.
Quel conseil, cher Abner, croyez-vous qu'on doit suivre ?

ABNER.

Et tout l'or de David, s'il est vrai qu'en effet
Vous gardiez de David quelque trésor secret;
Et tout ce que des mains de cette reine avare
Vous avez pu sauver et de riche et de rare,
Donnez-le. Voulez-vous que d'impurs assassins (1)
Viennent briser l'autel, brûler les chérubins?
Et, portant sur notre arche une main téméraire,
De votre propre sang souiller le sanctuaire?

JOAD.

Mais siérait-il, Abner, à des cœurs généreux
De livrer au supplice un enfant malheureux,
Un enfant que Dieu même à ma garde confie,
Et de nous racheter aux dépens de sa vie?

ABNER.

Hélas! Dieu voit mon cœur. Plût à ce Dieu puissant
Qu'Athalie oubliât un enfant innocent,
Et que du sang d'Abner sa cruauté contente
Crût calmer par ma mort le ciel qui la tourmente!
Mais que peuvent pour lui vos inutiles soins?
Quand vous périrez tous, en périra-t-il moins?
Dieu vous ordonne-t-il de tenter l'impossible?
Pour obéir aux lois d'un tyran inflexible,
Moïse, par sa mère au Nil abandonné,
Se vit, presque en naissant, à périr condamné:
Mais Dieu, le conservant contre toute espérance,
Fit par le tyran même élever son enfance.
Qui sait ce qu'il réserve à votre Éliacin;
Et si, lui préparant un semblable destin,
Il n'a point de pitié déjà rendu capable
De nos malheureux rois l'homicide implacable?
Du moins, et Josabet comme moi l'a pu voir,
Tantôt à son aspect je l'ai vu (2) s'émouvoir;
J'ai vu de son courroux tomber la violence.

　　　　(à Josabet.)
Princesse, en ce péril vous gardez le silence?

(1) Il s'agit des Tyriens au service d'Athalie. Tous ceux qui n'étaient
pas circoncis étaient regardés comme impurs par les Hébreux.

(2) La grammaire exigeait je l'ai *vue*; malgré l'autorité de Racine,
que Voltaire a imité dans *Tancrède*, acte IV, scène II. La règle subsiste
même pour les poëtes.

Hé quoi ! pour un enfant qui vous est étranger
Souffrez-vous que sans fruit Joad laisse égorger
Vous, son fils, tout ce peuple, et que le feu dévore
Le seul lieu sur la terre où Dieu veut qu'on l'adore ?
Que feriez-vous de plus si des rois vos aïeux
Ce jeune enfant était un reste précieux ?

JOSABET, *bas à Joad.*

Pour le sang de ses rois vous voyez sa tendresse :
Que ne lui parlez-vous ?

JOAD.

        Il n'est pas temps, princesse.

ABNER.

Le temps est cher, seigneur, plus que vous ne pensez.
Tandis qu'à me répondre ici vous balancez,
Mathan, près d'Athalie étincelant de rage,
Demande le signal et presse le carnage.
Faut-il que je me jette à vos sacrés genoux ?
Au nom du lieu si saint qui n'est ouvert qu'à vous,
Lieu terrible, où de Dieu la majesté repose,
Quelque dure que soit la loi qu'on vous impose,
De ce coup imprévu songeons à nous parer.
Donnez-moi seulement le temps de respirer :
Demain, dès cette nuit, je prendrai des mesures
Pour assurer le temple et venger ses injures.
Mais je vois que mes pleurs et que mes vains discours
Pour vous persuader sont un faible secours ;
Votre austère vertu n'en peut être frappée :
Eh bien ! trouvez-moi donc quelque arme, quelque épée ;
Et qu'aux portes du temple où l'ennemi m'attend,
Abner puisse du moins mourir en combattant.

JOAD.

Je me rends. Vous m'ouvrez un avis que j'embrasse :
De tant de maux, Abner, détournons la menace.
Il est vrai, de David un trésor est resté,
La garde en fut commise à ma fidélité ;
C'était des tristes Juifs l'espérance dernière,
Que mes soins vigilants cachaient à la lumière :
Mais puisqu'à votre reine il faut le découvrir,
Je vais la contenter ; nos portes vont s'ouvrir.
De ses plus braves chefs qu'elle entre accompagnée ;
Mais de nos saints autels qu'elle tienne éloignée

5

D'un ramas d'étrangers l'indiscrète fureur :
Du pillage du temple épargnez-moi l'horreur.
Des prêtres, des enfants lui feraient-ils quelque ombre ?
De sa suite avec vous qu'elle règle le nombre.
Et quant à cet enfant si craint, si redouté,
De votre cœur, Abner, je connais l'équité,
Je vous veux devant elle expliquer sa naissance :
Vous verrez s'il le faut remettre en sa puissance,
Et je vous ferai juge entre Athalie et lui.

ABNER.

Ah ! je le prends déjà, seigneur, sous mon appui (1) ;
Ne craignez rien. Je cours vers celle qui m'envoie.

# SCÈNE III.

JOAD, JOSABET, ZACHARIE, SALOMITH, ISMAEL,<br>DEUX LÉVITES, LE CHŒUR.

JOAD.

Grand Dieu, voici ton heure, on t'amène ta proie (2) !
Ismaël, écoutez.

( Il lui parle bas. )

JOSABET.

Puissant maître des cieux,

Remets-lui le bandeau dont tu couvris ses yeux,
Lorsque, lui dérobant tout le fruit de son crime,
Tu cachas dans mon sein cette tendre victime.

JOAD.

Allez, sage Ismaël, ne perdez point de temps ;
Suivez de point en point ces ordres importants :
Surtout qu'à son entrée et que sur son passage
Tout d'un calme profond lui présente l'image.
Vous, enfants, préparez un trône pour Joas ;
Qu'il s'avance suivi de nos sacrés soldats.
Faites venir aussi sa fidèle nourrice,

(1) On ne dit point *prendre sous son appui*, quoique ce mot ait la
signification de protection.

(2) Cette expression énergique fait entendre que Joad rapporte à
Dieu la conduite des événements, et qu'Athalie est une proie réservée
à sa vengeance.

Princesse, et de vos pleurs que la source tarisse.
(*A un lévite.*)
Vous, dès que cette reine, ivre d'un fol orgueil,
De la porte du temple aura passé le seuil,
Qu'elle ne pourra plus retourner en arrière,
Prenez soin qu'à l'instant la trompette guerrière
Dans le camp ennemi jette un subit effroi :
Appelez tout le peuple au secours de son roi ;
Et faites retentir jusques à son oreille
De Joas conservé l'étonnante merveille.
Il vient.

## SCÈNE IV.

### JOAS, JOAD, JOSABET, ZACHARIE, SALOMITH, AZARIAS, TROUPE DE PRÊTRES ET DE LÉVITES, LE CHOEUR.

JOAD.
Lévites saints, prêtres de notre Dieu,
Partout sans vous montrer environnez ce lieu ;
Et, laissant à mes soins gouverner votre zèle,
Pour paraître attendez que ma voix vous appelle.
(*Ils se cachent tous.*)
Roi, je crois qu'à vos vœux cet espoir est permis :
Venez voir à vos pieds tomber vos ennemis.
Celle dont la fureur poursuivit votre enfance,
Vers ces lieux à grands pas pour vous perdre s'avance.
Mais ne la craignez point. Songez qu'autour de vous
L'ange exterminateur est debout avec nous.
Montez sur votre trône, et... Mais la porte s'ouvre :
Permettez un moment que ce voile vous couvre.
(*Il tire un rideau.*)
Vous changez de couleur, princesse?
JOSABET.
Ah! sans pâlir
Puis-je voir d'assassins le temple se remplir?
Quoi! ne voyez-vous pas quelle nombreuse escorte...
JOAD.
Je vois que du saint temple on referme la porte.
Tout est en sûreté.

# SCÈNE V.

ATHALIE, JOAS *cache derrière le rideau*, JOAD, JOSABET, ABNER, SUITE D'ATHALIE.

ATHALIE, *à Joad*.
　　　　　　Te voilà, séducteur,
De ligues, de complots, pernicieux auteur,
Qui dans le trouble seul as mis tes espérances,
Éternel ennemi des suprèmes puissances !
En l'appui de ton Dieu tu t'étais reposé :
De ton espoir frivole est-tu désabusé ?
Il laisse à mon pouvoir et son temple et ta vie.
Je devrais sur l'autel où ta main sacrifie
Te (1)... Mais du prix qu'on m'offre il faut me contenter.
Ce que tu m'as promis songe à l'exécuter :
Cet enfant, ce trésor, qu'il faut qu'on me remette,
Où sont-ils ?

JOAD.
　　　　Sur-le-champ tu seras satisfaite :
Je te les vais montrer l'un et l'autre à la fois.
*Le rideau se tire. On voit Joas sur son trône ; sa nour-
rice est à genoux à sa droite ; Azarias, l'épée à la
main, est debout à sa gauche ; et près de lui Za-
charie et Salomith sont à genoux sur les degrés du
trône ; plusieurs lévites, l'épée à la main, sont rangés
sur les côtés.*
Paraissez, cher enfant, digne sang de nos rois (2).
　　Connais-tu l'héritier du plus saint des monarques,
Reine ? de ton poignard connais du moins ces marques.
Voilà ton roi, ton fils, le fils d'Ochozias.
Peuples, et vous, Abner, reconnaissez Joas.

(1) Imitation du fameux *Quos ego...* de Virgile.
(2) Nulle autre tragédie ne présente un coup de théâtre plus saisis-
ant. La terreur, l'attendrissement sont réunis dans ce tableau.

*Athalie* renferme des beautés de tant de sortes, qu'on est forcé d'a-
vouer, avec un critique, que cette pièce est le chef-d'œuvre de l'esprit
humain.

ABNER.

Ciel !

ATHALIE, *à Joad.*

Perfide !

JOAD.

Vois-tu cette Juive fidèle
Dont tu sais bien qu'alors il suçait la mamelle?
Il fut par Josabet à ta rage enlevé :
Ce temple le reçut, et Dieu l'a conservé.
Des trésors de David voilà ce qui me reste.

ATHALIE.

Ta fourbe à cet enfant, traître, sera funeste.
D'un fantôme odieux, soldats, délivrez-moi.

JOAD.

Soldats du Dieu vivant, défendez votre roi !
*Ici le fond du théâtre s'ouvre. On voit le dedans du*
    *temple, et les lévites armés entrent de tous côtés sur*
    *la scène.*

ATHALIE.

Où suis-je ? O trahison ! ô reine infortunée !
D'armes et d'ennemis je suis environnée.

JOAD.

Tes yeux cherchent en vain, tu ne peux échapper,
Et Dieu de toutes parts a su t'envelopper.
Ce Dieu que tu bravais en nos mains t'a livrée :
Rends-lui compte du sang dont tu t'es enivrée.

ATHALIE.

Quoi ! la peur a glacé mes indignes soldats !
Lâche Abner, dans quel piége as-tu conduit mes pas ?

ABNER.

Reine, Dieu m'est témoin...

ATHALIE.

                    Laisse là ton Dieu, traître,
Et venge-moi.

ABNER, *se jetant aux pieds de Joas.*

            Sur qui? Sur Joas ! sur mon maître !

ATHALIE.

Lui, Joas? lui ton roi? Songez, méchants, songez
Que mes armes encor vous tiennent assiégés.
J'entends à haute voix tout mon camp qui m'appelle.
On vient à mon secours. Tremblez, troupe rebelle.

# SCÈNE VI.

ISMAEL, JOAS, JOAD, ATHALIE, *tous les acteurs*
*de la scène précédente.*

ISMAEL, *à Joad.*
Seigneur, le temple est libre, et n'a plus d'ennemis ;
L'étranger est en fuite, et le Juif est soumis.
Comme le vent dans l'air dissipe la fumée,
La voix du Tout-Puissant a chassé cette armée.
Nos lévites, du haut de nos sacrés parvis,
D'Ochozias au peuple ont annoncé le fils ,
Ont conté son enfance au glaive dérobée ,
Et la fille d'Achab dans le piége tombée.
Partout en même temps la trompette a sonné,
Et ses sons et leurs cris dans son camp étonné
Ont répandu le trouble et la terreur subite
Dont Gédéon frappa le fier Madianite.
Les Tyriens, jetant armes et boucliers,
Ont par divers chemins disparu les premiers ;
Quelques Juifs éperdus ont aussi pris la fuite ;
Mais, de Dieu sur Joas admirant la conduite,
Le reste à haute voix s'est pour lui déclaré.
Enfin d'un même esprit tout le peuple inspiré,
Femmes, vieillards, enfants, s'embrassant avec joie (1),
Bénissent le Seigneur, et celui qu'il envoie :
Tous chantent de David le fils ressuscité.
Baal est en horreur dans la sainte cité :
De son temple profane on a brisé les portes :
Mathan est égorgé.
                    ATHALIE.
                    Dieu des Juifs, tu l'emportes !
Oui, c'est Joas : je cherche en vain à me tromper ;
Je reconnais l'endroit où je le fis frapper ;
Je vois d'Ochozias et le port et le geste ;

_____

(1) Lætatusque est omnis populus terræ, et civitas conquievit. Rois,
liv. IV, ch. XI.

Tout me retrace enfin un sang que je déteste.
David, David triomphe : Achab seul est détruit.
Impitoyable Dieu, toi seul as tout conduit !
C'est toi qui, me flattant d'une vengeance aisée,
M'as vingt fois en un jour à moi-même opposée,
Tantôt pour un enfant excitant mes remords,
Tantôt m'éblouissant de tes riches trésors
Que j'ai craint de livrer aux flammes, au pillage.
Qu'il règne donc ce fils, ton soin et ton ouvrage !
Et que, pour signaler son empire nouveau,
On lui fasse en mon sein enfoncer le couteau !
Voici ce qu'en mourant lui souhaite sa mère :
Que dis-je souhaiter ? je me flatte, j'espère
Qu'indocile à ton joug, fatigué de ta loi,
Fidèle au sang d'Achab qu'il a reçu de moi,
Conforme à son aïeul, à son père semblable,
On verra de David l'héritier détestable
Abolir tes honneurs, profaner ton autel,
Et venger Athalie, Achab et Jézabel.

(Athalie sort, les lévites la suivent.)

JOAD.

Qu'à l'instant hors du temple elle soit emmenée,
Et que la sainteté n'en soit point profanée.
Allez, sacrés vengeurs de vos princes meurtris (1),
De leur sang par sa mort faire cesser les cris.
Si quelque audacieux embrasse sa querelle,
Qu'à la fureur du glaive on le livre avec elle (2).


# SCÈNE VII.


**JOAS, JOAD, JOSABET, ABNER**, *et tous les acteurs*
*de la scène précédente.*


JOAS, descendu de son trône.

Dieu, qui voyez mon trouble et mon affliction,

---

(1) *Meurtris* n'est pas exact : ce mot, évidemment formé de *meurtre*,
aurait dû conserver le sens de ce dernier; mais comme l'usage est la
loi suprême en cette matière, *meurtrir* ne signifie plus que faire des
*contusions.*

(2) Athalia autem occisa est gladio. Rois, liv. IV, ch. XI.

Détournez loin de moi sa malédiction ,
Et ne souffrez jamais qu'elle soit accomplie :
Faites que Joas meure avant qu'il vous oublie.

JOAD , *aux lévites.*

Appelez tout le peuple , et montrons-lui son roi :
Qu'il lui vienne en ses mains renouveler sa foi.
Roi, prêtres, peuple, allons, pleins de reconnaissance,
De Jacob avec Dieu confirmer l'alliance ,
Et , saintement confus de nos égarements ,
Nous rengager à lui par de nouveaux serments.
Abner , auprès du roi reprenez votre place.

# SCÈNE VIII.

UN LÉVITE, JOAS, JOAD , *et tous les acteurs de la scène précédente.*

JOAD , *au lévite.*

Eh bien! de cette impie a-t-on puni l'audace?

LE LÉVITE.

Le fer a de sa vie expié les horreurs.
Jérusalem , longtemps en proie à ses fureurs ,
De son joug odieux à la fin soulagée ,
Avec joie en son sang la regarde plongée.

JOAD.

Par cette fin terrible, et due à ses forfaits ,
Apprenez, roi des Juifs, et n'oubliez jamais
Que les rois dans le ciel ont un juge sévère ,
L'innocence un vengeur , et l'orphelin un père.

FIN.

294

www.ingramcontent.com/pod-product-compliance
Ingram Content Group UK Ltd.
Pitfield, Milton Keynes, MK11 3LW, UK
UKHW022344130726
13694UKWH00006B/1191